LE RECLUS

DE

NORVÈGE.

LE RECLUS

DE

NORVÈGE,

PAR MISS ANNA MARIA PORTER,

TRADUIT DE L'ANGLAIS

PAR Mme ÉLISABETH DE B***,

Traducteur de la Dame du Lac, des Frères Anglais, etc., etc.

TOME TROISIÈME.

PARIS,

H. NICOLLE, A LA LIBRAIRIE STÉRÉOTYPE,

RUE DE SEINE, N° 12.

M. DCCXV.

LE RECLUS

DE

NORVÈGE.

~~~~~~

CHAPITRE PREMIER.

———

Tandis que le malheureux Théodore poursuivait son triste voyage, tout se passait, en apparence, avec le calme ordinaire dans la famille du comte de Lauvenheilm.

Mais qu'il y avait loin de la réalité à l'apparence ! la crainte et le remords tourmentaient le cœur du comte : l'épouvante et la douleur remplissaient celui d'Ellésif.

Le jour même du départ de Théodore, Ellésif se trouva mal à la pointe

3.

du jour. Anasthasia se leva à la hâte, traversa le salon d'études, et courut chercher dans un arrière-cabinet des gouttes spécifiques que sa sœur prenait ordinairement en pareille occasion.

Elle les cherchait encore au moment où Théodore y entrait. Du fond de ce cabinet, où elle se plaça de manière à n'être point aperçue, elle observa tout avec soin.

L'apparition de Théodore à cette heure dans l'appartement d'Ellésif, la jeta dans le dernier étonnement, et peut-être sa curiosité fut-elle pardonnable. Elle vit Théodore poser la lettre sur la table, baiser le gant, le mouiller de ses larmes; elle entendit son douloureux soupir lorsqu'il sortit: jamais Anasthasia n'avait éprouvé une pareille surprise, une si vive indignation; car elle ne pouvait se méprendre sur les sentiments de Théodore. Habituée à regarder l'inégalité des rangs comme un obstacle invincible, elle ne pouvait se persuader que

Théodore, si inférieur à sa sœur, eût
trouvé le moyen de lui plaire ; et, quoique journellement témoin de l'expression de leurs regards, qui trahissait leur
secret aux yeux de tous les habitants de
la maison, elle n'avait conçu jusqu'à ce
moment aucun soupçon de leur mutuelle
intelligence. Après un moment de réflexion, elle se crut obligée par son devoir, par l'amitié même, d'empêcher
sa sœur de former une union si mal-as-
sortie. Sans le moindre scrupule elle prit
la lettre, revint auprès de la malade ;
et lorsqu'elle la vit entièrement réta-
blie, elle se retira dans sa chambre.

En lisant cette lettre, sa dignité of-
fensée fut un peu calmée par la certitude que c'était la première déclaration
de Théodore, et que, loin de compter
sur un retour de tendresse, il n'osait demander à sa sœur que la continuation
de son amitié. Mais le bijou renfermé
dans la lettre lui parut un piége tendu à
l'honneur d'Ellésif, qui, en l'acceptant,

autoriserait les prétentions de Théodore;
il valait donc mieux anéantir les pré-
somptueuses espérances de celui-ci, en
lui renvoyant ce gage d'amour, et cacher
toute cette affaire à Ellésif, de peur
qu'elle ne fût disposée à aimer un homme
auquel elle ne devait que de la pitié.

Anasthasia, s'arrêtant à cette décision,
renferma la petite guitare dans plusieurs
enveloppes, et, l'adressant au senor Guévara, donna l'ordre à un domestique de
monter à cheval, et de courir après lui
sur la route de Gran, pour lui remettre
ce paquet de la part de la comtesse
Ellésif. Le domestique, n'ayant pas besoin d'autre instruction, partit sur-le-
champ.

Il n'était pas présumable que Théodore découvrît l'artifice; car l'écriture
des deux sœurs se ressemblait tellement,
qu'elles-mêmes pouvaient à peine en
connaître la différence. En agissant ainsi,
Anasthasia ne consultait vraiment que
l'intérêt d'Ellésif, et ne cherchait pas à

l'affliger. Si elle avait pu se douter de la
douleur qu'elle préparait à sa sœur, plus
indulgente alors, elle aurait abandonné
les suites de cet événement à la Providence. Mais elle jugeait de l'amour plus
par ce qu'elle sentait que par ce qu'elle
inspirait ; elle croyait qu'on pouvait facilement le vaincre, lorsque l'orgueil,
l'intérêt ou l'opinion générale le con-
damnait. Les passions romanesques sont
idéales, entendait-elle dire perpétuellement dans le monde ; cette doctrine,
conforme à la froideur de son caractère,
lui faisait croire fermement qu'avant trois
mois Ellésif oublierait l'existence de
Théodore ; et que lui-même se console-
rait par un autre attachement.

D'après son propre aveu, il avait offensé le comte ; c'était une raison de plus
pour empêcher Ellésif de répondre à ses
vœux. Cependant, le bon cœur d'Anasthasia se manifesta dans cette circonstance ; elle ne voulut point augmenter
la colère de son père contre Théodore

en lui rendant compte de cette dernière
indiscrétion ; et après avoir terminé cette
affaire d'une manière satisfaisante pour
sa conscience, elle se rendit auprès de
sa sœur en se félicitant de l'arracher au
danger.

Ellésif s'étonna que Théodore ne vînt
pas lui donner la main pour monter en
voiture, car il n'y manquait jamais. Elle
fut peinée d'abord de cette négligence,
qui lui rappela tout à coup la tristesse et
l'émotion singulière manifestées par lui
la veille : mais comme son père ne paraissait pas, elle imagina qu'une importante affaire les occupait tous deux, et
que peut-être quelque inquiétude politique du comte causait la tristesse de
Théodore. Cette idée la consola, et ranima l'espérance de le voir à loisir le
reste du jour ; elle partit pour assister au
mariage de madame de St. Sauveur. La
longueur de la cérémonie, l'ennuyeuse
coutume de présenter la nouvelle épouse
à tous les parents et amis, les salutations,

les compliments, les présents, rappe-
lèrent à Ellésif son ami Gaston ; cet aimable étourdi prétendait qu'une noce
était aussi triste qu'un enterrement, et
déclarait qu'il ne se marierait jamais, à
moins que ce ne fût subitement, comme
on est tué dans un combat.

Fatiguée de cette éternelle matinée
et d'un interminable dîner, Ellésif laissa
madame la baronne enchantée de son
nouveau titre, et monta avec un bien
vif plaisir dans la voiture qui devait la
ramener auprès de Théodore. Arrivée
au gouvernement, elle se hâta de descendre et d'entrer au salon ; mais elle
n'y trouva pas Théodore : un des gens
annonça que le comte de Lauvenheilm
avait dîné dehors, et ne reviendrait pas
souper. Ellésif se flattait que Théodore
était avec lui ; cependant une crainte
vague, un sinistre pressentiment jetaient
la terreur dans son âme. Ses yeux se promenaient autour de ce grand salon : Que
ce lieu est désert ce soir ! dit-elle. — Il

est vrai, reprit froidement Anasthasia ; madame de St. Sauveur nous manque. Ellésif ne pensait pas du tout à madame de St. Sauveur ; et fâchée de l'apparente indifférence de sa sœur sur l'absence de son père et de Théodore, elle ne répondit rien.

Anasthasia se mit à sa harpe, tandis qu'Ellésif, incapable de s'occuper, ouvrit une porte vitrée qui donnait sur un balcon, et feignit de s'occuper de ses fleurs. Plus elle réfléchissait, plus elle s'étonnait de la négligence de Théodore ; livrée à la plus pénible incertitude, elle flottait de conjectures en conjectures, sans pouvoir s'arrêter à aucune ; ni s'expliquer l'extraordinaire mélancolie de Théodore le soir précédent, son agitation visible causée par la présence du comte, et le ton singulier de son dernier adieu..... Peut-être avait-il avoué son amour au comte, qui lui avait interdit toute espérance ; peut-être embarrassé de sa contenance après

la liberté qu'il avait prise, n'osait-il re-
paraître encore en sa présence;.... peut-
être, cédant aux ordres du comte, s'é-
tait-il éloigné....

Le cœur brisé par cette dernière supposition, Ellésif ne put retenir ses larmes,
et restait appuyé sur le balcon; elle ne
céda qu'avec peine aux instances d'Anasthasia, qui, du salon, l'engageait à
rentrer, pour ne pas s'exposer à l'air dangereux du soir.

Ellésif essuya ses yeux, vint se placer
derrière sa sœur, qui continuait à faire de
la musique, et prit un livre qu'elle tint
machinalement dans ses mains. A l'heure
où elles se retiraient ordinairement,
Anasthasia se leva : — Mon père ren-
trera fort tard san doute, dit-elle; nous
ferons bien, je crois, de ne pas l'attendre; notre ennuyeuse journée chez la
baronne Hoffendal m'a disposée mer-
veilleusement au sommeil.

Ellésif, trop timide pour s'opposer à
cette proposition, posa son livre et se

1.

leva, non sans effort, car elle pouvait à peine se soutenir. Anasthasia, occupée dans ce moment à donner quelques ordres, ne remarqua pas l'air abattu de sa sœur; elle lui souhaita une bonne nuit, et chacune se rendit dans son appartement.

Ellésif renvoya sa femme de chambre sur-le-champ, et se déshabillait seule, lorsqu'elle entendit la voiture de son père. — Encore dix minutes, et je l'aurais vu ! Elle s'approcha de la porte, et crut entendre la voix de Théodore. Le bonheur est si fortement associé avec l'objet aimé, que sa présence, ou le seul espoir de sa présence suffit pour adoucir les plus amères douleurs. Cette voix, qu'elle ne devait plus entendre dans la maison de son père,..... cette voix, créée par son imagination, calma sur-le-champ son âme agitée ; ses larmes coulèrent de nouveau ; mais cette fois la tendresse et le plaisir en étaient la seule cause. D'agréables songes embel-

lirent son sommeil ; à son réveil, elle
retrouva toute sa vivacité, et descendit
au salon du déjeûner, pleine d'espoir et
de sécurité. Ordinairement Théodore
était, comme elle, un des premiers le-
vés ; il dévouait à l'étude les heures que
tant d'autres donnent à la mollesse ; probablement elle trouverait l'occasion de
lui parler seul, et de lui demander la
cause de cette tristesse qu'elle ne pouvait s'expliquer. Mais quel désappoin-
tement pour la pauvre Ellésif ! Anasthasia et son père vinrent la joindre sans
Théodore. Le déjeûner fini, le comte
se leva en disant qu'il était accablé d'affaires, et qu'il ne les reverrait qu'à
l'heure du dîner ; auquel il avait invité
plusieurs convives. Ses manières singu-
lières, sa voix altérée, sa figure troublée, furent remarquées par Ellésif. In-
quiète et presque effrayée, elle sentit
redoubler ses alarmes ; elle éprouvait
un invincible besoin d'obtenir un éclair-
cissement, dussent toutes ses craintes

être confirmées; et lorsque son père
sonna pour faire retirer le déjeûner,
elle fut sur le point de demander si on ne
le laissait pas pour le senor Guévara;
mais sa voix expira sur ses lèvres. Elle
prit le bras que lui offrait son père, et
le suivit en silence dans le salon de compagnie. Là, ils se séparèrent; le comte
et Anasthasia passèrent dans le jardin;
Ellésif resta seule, espérant que Théodore, s'il n'avait pas formé le projet de
l'éviter, descendrait après son travail,
et viendrait, comme à l'ordinaire, se
joindre à la réunion de famille.

Mais les heures s'écoulèrent; Anasthasia revint, les visites du matin arri-
vèrent; Théodore ne parut point.

Lorsqu'on veut faire une question qui
intéresse beaucoup, et dissimuler en
même temps cet intérêt, il semble que
l'on parle plus librement au milieu d'une
nombreuse compagnie. Ellésif, seule
avec son père et sa sœur, n'avait pas osé
nommer Guévara. Elle profita du mo-

ment où elle montrait à quelqu'un la
découpure de Théodore pour dire à l'o-
reille d'Anasthasia : Je suis bien étonnée
que M. Guévara n'ait pas paru ce matin.
Pendant que la personne qui tenait la
découpure s'éloignait pour la montrer à
d'autres, Anasthasia se hâta de répondre: M. Guévara n'est plus ici ; à
la suite d'une altercation avec mon père,
il est parti hier matin pour aller je ne sais
où.... mais certainement pour ne plus
revenir. Mon père vient de me raconter
cet événement dans le jardin, en me
priant de ne jamais prononcer devant
lui le nom de M. Guévara.

Anasthasia faisait cette réponse du ton
le plus froid, espérant ainsi empêcher
quelque explosion de sensibilité, s'il
était vrai que sa sœur payât de retour
l'amour de Théodore. Ellésif, pâle,
tremblante, respirant à peine, ne fit
pas un mouvement, ne prononça pas un
mot;.... immobile, glacée, elle tenait
ses yeux fixés sur la terre. A l'aspect de

ce désespoir empreint dans les traits
d'Ellésif, Anasthasia, embarrassée, se
sentit pénétrée du plus tendre intérêt. Tout à la fois blâmant et plaignant
sa sœur, elle se félicita de nouveau d'a-
voir supprimé la lettre de Théodore,
et prit la résolution d'observer la plus
grande réserve avec elle au sujet de
Guévara, afin de repousser la confidence
d'une passion qu'elle trouvait si peu convenable. Elle espérait qu'en rendant,
s'il était possible, Ellésif honteuse de
son amour, celle-ci essaierait d'en
triompher. Combien elle se trompait
dans ses froids calculs! Ellésif, fière du
sentiment qu'elle éprouvait, glorieuse
de celui qu'elle inspirait, ne pouvait
sacrifier son amant aux préjugés de l'é-
goïsme et de l'orgueil. Anasthasia, voyant
que sa sœur continuait à garder le silence, et que sa présence semblait la
gêner, s'éloigna pour lui donner la liberté de se remettre. Une seule idée
occupait et désespérait la malheureuse

Ellésif : parti !..... parti !..... pour jamais !..... ce mot cruel l'accablait, l'a-
néantissait. Un bruit causé par l'arrivée
de plusieurs personnes la tira de sa stu-
peur; elle profita de ce moment favorable, et courut se renfermer dans sa
chambre.

Maintenant, plus d'incertitude......
sans doute Théodore avait parlé;......
sans doute le comte, n'écoutant qu'un
injuste orgueil, l'avait dédaigneusement
repoussé!..... A quel excès s'était-il
donc porté pour révolter le cœur si bon,
si généreux, si aimant de Théodore !....
Il fallait bien, après cela, s'attendre à
une éternelle séparation !...... Sa vie se
passerait donc sans le voir, sans même
connaître son sort!..... Non, il lui était
impossible de supporter une telle priva-
tion et de vivre !

Ah ! rendons grâces à la providence,
des ressources qu'elle nous offre dans le
malheur. Quelque profonde que soit la
douleur, insensiblement un rayon divin

vient l'adoucir ; nous cherchons, et nous
trouvons des consolations au dedans de
nous-mêmes : Eh ! combien de fois ne
prenons-nous pas l'espoir pour la résignation !

C'est ainsi que la malheureuse Ellésif
sentit diminuer ses maux par la certitude
d'être aimée : cette certitude fit renaître
toutes ses espérances : Non, s'écria-t-elle
en pleurant ; non, il ne peut vivre et
être séparé de moi pour toujours ; s'il
aime autant que moi,...... qui peut
jamais nous séparer ?

Une ferme résolution équivaut à la
puissance.

Ellésif avait raison de penser que rien
sur la terre ne pouvait les séparer, si
Théodore restait fidèle. Il dirigeait sans
doute, en ce moment, ses pas vers l'Espagne : cette supposition la rassura ; car
elle pensa qu'une fois ses droits reconnus,
le comte ne refuserait pas son consentement à une union qui devait élever sa
fille au lieu de l'humilier. Ellésif aimait

et admirait trop Théodore pour douter
un moment de la réussite de ses vœux ;
et le comte de Roncezvalles, fier d'un tel
héritier, ne devait pas, suivant elle, hé-
siter un seul moment à le reconnaître et
à le rétablir dans tous ses droits. Forti-
fiée dans cette idée, elle s'habilla pour
le dîner et descendit avec assez de calme.

Pour la première fois de sa vie, Ellésif détourna les yeux lorsque son père
parut, et se sentit prête à défaillir ; son
courage l'abandonna, et sa douleur prit
une nouvelle force : mille circonstances
lui faisaient plus cruellement sentir l'absence de Théodore, si assidu, si empressé
auprès d'elle ; de Théodore dont les regards cherchaient toujours les siens,
quand le hasard ou la convenance les sé-
parait un moment dans la société.

Plongée de nouveau dans l'abatte-
ment, Ellésif, incapable de faire les honneurs du salon avec Anasthasia, attendait
impatiemment le moment de se retirer.

Toutes les espérances d'Ellésif furent

successivement trompées : elle s'attendait à recevoir des nouvelles de Théodore ; à sa place , elle ne l'eût point
laissé en proie au doute et à l'inquiétude ;
certainement il lui écrirait ;........ mais
les jours se succédaient , et il n'arrivait
point de lettre.

Un autre avait pris la place de Théodore , heureusement sans être admis dans
le cercle de famille. Jamais on ne prononçait le nom de Théodore ; et quelquefois Ellésif , se croyant dupe d'un
vain songe, se demandait s'il avait existé ;
personne ne semblait compatir à ses
maux ; personne ne semblait même croire
qu'elle fût malheureuse. Partout de froids
visages , partout des cœurs indifférens !
Pas un être à qui elle pût faire entendre
ses plaintes : au sein même de sa famille ,
elle se trouvait comme au milieu d'un
désert ! Anasthasia , par une froideur
étudiée , repoussait l'aveu qu'elle était
quelquefois sur le point de lui faire , et
les manières si changées de son père la

remplissait d'une terreur secrète. Le
comte, en proie aux remords, ne pouvait ni les dissimuler ni les étouffer :
Théodore l'avait convaincu de ses torts ;
mais cette conviction n'était pas suivie
de la magnanime résolution de les réparer. Tourmenté, et non repentant,
humilié que Théodore eût cessé de
l'estimer, en le forçant à renoncer à sa
propre estime, il ne lui pardonnait pas
de lui avoir dit la vérité, et se livrait au
ressentiment quand il n'aurait dû écou-
ter que la reconnaissance ; en dépit de
son orgueil offensé, le comte sentait
plus vivement chaque jour la perte de
Théodore. Ses talens lui étaient si utiles !
sa société si agréable ! son attachement
si doux ! Lorsqu'il causait avec son nouveau secrétaire, il lui semblait qu'il
dirigeât un automate qui, ne voyant
en lui qu'un maître, l'approchait sans
plaisir, le quittait sans regret ; et, suivant tranquillement sa routine, s'embarrassait fort peu si la tête de son supérieur

était destinée à une couronne ou à l'é-
chafaud.

Le penchant naturel du comte pour
la vertu lui fit chercher les moyens de
se justifier à ses propres yeux. Aveuglé
par l'ambition, il se dissimulait la bassesse de son procédé, et décorait sa trahison du nom de juste vengeance !

Malheureuse illusion ! comme si la
vengeance n'était pas aussi condamnable
que l'ambition !

Trop avancé d'ailleurs pour reculer,
lancé dans un océan sans bornes, il ne
pouvait plus regagner le rivage paisible
qu'il avait abandonné ; il fallait continuer
sa route à travers les écueils et les tem-
pêtes, car son tardif repentir devenait
une seconde trahison : pour se sauver,
il fallait user d'un détestable artifice,
dévoiler tout au roi, vanter sa conduite
comme un moyen de découvrir les intentions du régent de Holstein, calom-
nier ce prince, causer sa perte, et livrer
Anasthasia à la honte et aux larmes.

Ce misérable sophisme le tranquillisa;
et le comte de Lauvenheilm, en tenant
son fatal engagement, crut presque
obéir à l'honneur, à l'amour paternel;
et cependant, par cette conduite, il
violait tous les serments faits à son roi,
et vouait Ellésif à d'éternels regrets.

Avant les derniers événements, il
soupçonnait l'attachement d'Ellésif pour
Théodore; depuis son départ, il n'en
doutait plus. En vain essayait-il de se
distraire des cruels reproches que lui
faisait son cœur, en se disant que le caractère vif et gai de sa fille le guérirait
promptement; la sombre tristesse d'Ellésif, son changement visible, tout donnait un démenti formel aux conjectures
du comte.

Pouvait-il la blâmer d'aimer et de regretter un être aussi parfait que Théodore? En se faisant cette question, le
comte soupirait amèrement, et son propre cœur justifiait celui de sa fille. Si
Théodore eût consenti à ce qu'il lui pro-

posait , ils eussent passé leur vie ensemble : mais demeurer ferme dans le
sentier de l'honneur , inébranlable à
toutes les séductions, quand lui-même....
A cette pensée , le comte sentait que
toute union entre eux était devenue impossible. Ellésif devait donc souffrir ;....
du moins jusqu'à sa mort...... Théodore
ne tenait-il pas entre ses mains son existence ?..... A la vérité , dans le tumulte
de ses sentiments douloureux , il avait
désavoué avec horreur une telle intention ; mais avec sa scrupuleuse intégrité,
ne croirait-il pas de son devoir d'immo-
ler un particulier au bien public ?

Cependant il avait donné son adresse
chez Dofreston ; mais n'était-ce pas un
stratagème pour dérober sa trace ? Et
Théodore déjà n'était-il pas au moment de le dénoncer à la face du monde ?

Le comte sentit son front se couvrir
d'une sueur froide à l'idée horrible de
mourir de la mort honteuse réservée
aux traîtres. Ellésif était dans le même

salon que lui, et le gémissement convulsif qu'il poussa l'attira près de lui. A
son approche, il se leva précipitamment;
mais trop agité pour se soutenir, il retomba sur son siége. — Mon père ! ô
mon père ! s'écria Ellésif alarmée, et
jetant ses bras tremblans autour de lui.
— Ne vous alarmez pas, Ellésif,...... ce
n'est qu'un soudain étourdissement.....
éloignez-vous, je vous prie ;..... j'ai besoin d'air,..... vous m'oppressez..... je
suis tout-à-fait bien maintenant.

Ellésif avait ouvert une fenêtre et restait auprès de lui, bien affligée. Ses yeux
pleins de larmes semblaient questionner
son père sur la cause de l'altération de
ses traits, et lui reprocher la manière
dont il l'avait repoussée.

Ellésif, mon enfant! venez ici, dit le
comte, en lui tendant les bras; elle s'y
précipita ; et , tandis que ses larmes
coulaient sur ses joues, elle fut surprise
de sentir celles de son père se mêler
aux siennes. Cette émotion visible lui fit

présumer qu'il connaissait et qu'il plai-
gnait ses maux, et elle attendait en
tremblant qu'il prononçât le nom de
Théodore : mais le comte s'était calmé
par cet épanchement de tendresse ; il
avait réfléchi que Théodore ne pourrait
appuyer son accusation d'aucune preuve;
et d'ailleurs, s'il aimait cette douce et
tendre créature qui pleurait maintenant
sur le sein paternel, oserait-il la croire
capable de s'unir à l'homme qui aurait
trempé ses mains dans le sang de son
père ? Les craintes du comte se dissi-
pèrent donc entièrement.

— Vous êtes sûrement plus inquiet
que malade, mon père, dit Ellésif avec
timidité. Vos esprits sont plus abattus
que votre regard :.... Je voudrais,.....
je désirerais..... — Que désirez-vous,
Ellésif? demanda le comte, devinant
sa pensée, et reprenant son air de réserve.

La craintive Ellésif garda le silence
et baissa les yeux. Elle désirait revoir

auprès de son père, Guévara, qui savait
si bien adoucir ses peines. Elle brûlait
de lui avouer son attachement et ses regrets, et de découvrir, par la réponse
de son père, ce qu'elle pouvait espérer
pour l'avenir, et comment Théodore
avait parlé d'elle : mais elle ne trouva
ni le courage ni les moyens physiques
de prononcer un mot. Dans toutes les
fortes émotions, la voix d'Ellésif s'étei-
gnait entièrement; et souvent, lorsqu'il
lui importait le plus de s'exprimer, cet
obstacle naturel s'y opposait.

Son père se retira doucement de ses
bras, et dit en se levant : Vous désireriez
que je fusse content....... n'est-il pas
vrai ?..... Je le serai quand je pourrai
oublier que j'ai prodigué des bontés à
un ingrat..... Non pas à un ingrat,
ajouta-t-il pressé par le remords;.... il
faut rendre justice à chacun; Guévara
m'a seulement prouvé que ses préjugés
romanesques l'emportaient sur son attachement pour moi. Quant à sa conduite,

3.

à son caractère, je dois convenir que l'un et l'autre sont irréprochables. Quoi qu'il en soit, nos liens d'amitié sont rompus : nous ne nous reverrons jamais.... Je n'aurais pas prononcé son nom devant vous sans le besoin de vous expliquer les causes de ma tristesse. Il est bien douloureux, Ellésif, de se tromper sur un cœur que l'on croyait connaître entièrement.

Le comte de Lauvenheilm vit à la pâleur d'Ellésif et à sa vive émotion, qu'elle se préparait à lui faire un aveu qu'il voulait éviter ; et il ajouta précipitamment : En voilà assez sur un sujet qui me déplaît, les affaires m'appellent, et, sans attendre de réponse, il sortit du salon.

Rien ne repousse la confiance comme le mépris prodigué à l'objet de nos affections. Ellésif aurait eu le courage d'ouvrir son cœur à son père s'il avait parlé de Théodore avec amitié, même en s'en plaignant ; mais, révoltée de sa dédaigneuse indifférence, elle renferma sa douleur et son secret.

Au milieu des soins donnés à l'intrigue et aux affaires, le comte ne pouvait échapper à lui-même ; sa conscience, comme un spectre vengeur, le poursuivait sans relâche dans le monde comme dans le calme de la solitude. Il se reprochait le blâme non mérité qu'il jetait sur Théodore, en abandonnant la cause de leur séparation aux conjectures de la malignité et de l'envie. C'était en vain que, pour s'excuser, il cherchait à se persuader que l'attachement de Théodore devait l'emporter sur ses scrupules : tout ce que le plus romanesque dévouement de l'amitié, d'accord avec l'honneur, peut inspirer, Théodore l'eût trouvé facile pour le comte. Il aurait donné sa vie pour le sauver : mais l'honneur et la vertu lui étaient plus chers que la vie ; plus chers même qu'Ellésif.

Je voudrais pour tout au monde revenir sur ces derniers six mois, s'écriait le comte dans un instant de désespoir et de repentir ; mais il est trop tard ; que mon sort s'accomplisse !

Le temps approchait effectivement où l'on allait réclamer l'accomplissement des fatales promesses faites à la Suède. Des troupes marchaient secrètement vers la frontière, pour occuper les forteresses dont le comte s'était chargé d'affaiblir ou d'éloigner la garnison. Il n'avait pas réellement d'aussi sérieuses craintes pour son compte qu'il l'avait dit à Théodore ; il savait que la cour de Danemarck commençait à regarder sa conduite d'un œil soupçonneux, et il supposait avec raison que l'on se proposait de l'arrêter, mais sans en avoir la certitude. Il savait aussi que le Danemarck se disposait à violer la neutralité, sous un prétexte frivole, quoique avec de justes causes. Sérieusement alarmé pour le Holstein, mais peu pour sa propre sûreté, il avait engagé Théodore à une démarche en apparence très-im-

portante , afin d'avoir l'occasion d'exa-
gérer les dangers qu'il courait, d'avouer
sa vengeance, et de saisir le moment
favorable pour frapper son coup en
Norvège.

L'alarme, feinte alors, était maintenant réelle. Sa conscience, réveillée par
Théodore, lui faisait craindre le juste
châtiment de son crime. Il eût attendu
la mort avec courage sur un champ de
bataille, avec calme sur un lit de douleurs : mais la mort associée avec l'infamie lui paraissait horrible. Quelquefois
il regrettait Théodore ; il croyait que,
fortifié par son inébranlable intégrité,
il trouverait le courage et les moyens de
réparer ses torts : mais il n'était plus là
pour l'exhorter à la vertu, et il hésitait
entre le crime et le remords, lorsqu'un
ordre de la cour tomba sur lui comme
un coup de foudre.

Il n'était pas dirigé contre lui personnellement, mais contre sa puissance :
c'en était assez pour prouver qu'il était

trahi. Cet ordre destituait tous ceux dont les nominations n'avaient pas été faites par la cour de Danemarck, et désignait leurs successeurs. Un seul trait de plume privait le comte de Lauvenheilm de la faculté de se repentir, et du pouvoir de profiter de sa faute.

Si ce coup était porté par Théodore, il méritait d'inspirer à son protecteur un sentiment d'horreur. Alors le comte de Lauvenheilm avait le droit de croire la vertu un être imaginaire.

Quel parti lui restait-il à prendre? Il était soupçonné,.... connu,.... le repentir paraîtrait lâcheté. Il fallait donc rester et attendre l'événement. Fuir en Suède, c'était confirmer les soupçons, fournir des armes et des preuves contre lui-même; c'était se dévouer lui et ses filles à la honte et à la misère, car le roi prononcerait aussitôt la confiscation de tous ses biens. Dans une telle position, le régent du Holstein resterait-il fidèle? Persisterait-il à épouser Anasthasia? Le

comte en doutait maintenant. Il n'y avait
donc pas d'autre parti à prendre que
celui de rester, soit pour achever son
entreprise, soit pour en imposer par le
calme apparent de l'innocence. La cour
de Danemarck, en ne dirigeant pas son
attaque personnellement contre le comte,
marchait à son but sans lui fournir le
prétexte même de se plaindre.

Cependant il était prisonnier d'état,
et quoiqu'il eût un royaume pour prison, sa captivité n'en était pas moins rigoureuse. Les nouveaux officiers épiaient
continuellement ses actions, de sorte
qu'il lui était impossible de passer les
frontières et même de hasarder une
lettre. Le roi cherchait évidemment à
se procurer des preuves positives pour
se justifier d'un traitement si rigoureux,
et ce défaut de renseignements cer-
tains faisait croire au comte que son
danger présent résultait des dépositions
de Théodore. Cette cruelle et fausse
opinion lui faisait maudire et presque

haïr la vertu du noble jeune homme : ....
Hypocrisie,... basse hypocrisie!.... répétait-il sans cesse.... Aigri par le malheur, trompé dans ses calculs et dans ses
espérances, injuste envers son ami, injuste envers l'espèce humaine, le comte,
jadis le plus doux, le meilleur des êtres,
devint tout à coup le plus sombre mi-
santrope.

Ellésif voyait le changement de son
père avec un sentiment de douleur qui
absorbait toutes ses facultés ; mais sa timidité naturelle et la réserve glacée de
son père ne lui permettaient pas de hasarder une question ni de se livrer au
moindre épanchement. Anasthasia, pour
la première fois de sa vie, paraissait pen-
sive : les visites étaient admises comme
à l'ordinaire ; mais rien de plus triste
que ces assemblées précédemment si
gaies, le silence et la crainte semblaient
régner dans le palais du gouverneur.

Par quelques mots échappés au comte,
Ellésif savait qu'il redoutait le ressenti-

ment du roi : mais quel était le motif
de cette crainte? Ellésif l'ignorait. Le
changement d'Anasthasia lui paraissait
inexplicable , ainsi que le nouvel ac-
croissement de la colère du comte contre
Théodore. Le comte, il est vrai, n'en
parlait jamais : mais s'il apercevait quelque meuble à l'usage de Théodore, s'il
prenait un livre dans lequel il eût écrit
au crayon quelques remarques, il le repoussait avec violence, et comme avec
horreur.

Ces observations, jointes au chagrin
de ne point recevoir de lettre de Théodore, empoisonnoient la vie d'Ellésif.
Sa santé s'altéra , ses esprits s'abattirent
entièrement; les courts instants de son
sommeil furent troublés par des songes
effrayants , qui lui représentaient sans
cesse Théodore , tantôt poursuivi par
quelques dangers , tantôt tombant sous
les coups du comte lui-même ; elle poussait un cri , sautait en bas de son lit,
passait le reste de la nuit sur pied, ou,

2.

si elle essayait encore de dormir, c'était
pour éprouver de nouveaux tourments.
Cet état pénible altérait visiblement sa
santé ; et ses pressentiments, pour être
imaginaires, n'en produisaient pas moins
un effet réel : mais des songes continuellement terribles, douloureux, sont-ils
en effet des maux imaginaires ? Non,
sans doute ; si chaque nuit ramenait la
même vision, si chaque nuit on se croyait
poursuivi par ses ennemis, si chaque nuit
d'épouvantables fantômes troublaient le
sommeil, on éprouverait à la fin par les
songes autant de mal que par la réalité,
et l'on redouterait le sommeil comme on
redoute la douleur.

Son dépérissement effrayait tous les
regards, sa faiblesse augmentait chaque
jour ; le moindre bruit, la plus légère
surprise produisaient sur elle l'effet de
la plus vive terreur. Au milieu de ses
amis, elle fondait en larmes sans motif
apparent, et couroit se renfermer alors
dans son appartement pour se dérober

aux questions importunes ; et là, seule
avec ses regrets, elle s'abandonnait librement à son désespoir.

Absorbé par ses propres inquiétudes,
le comte ne s'aperçut pas d'abord du
changement d'Ellésif ; tout à coup il le
remarqua ; ses alarmes égalèrent ses remords : mais quel remède pouvait-il
offrir à ses maux ? hélas ! il ne dépendait plus de lui maintenant de la rendre
à la vie ; si Théodore l'avait trahi comme
il le croyait, il n'était plus digne d'être
rappelé ni regretté. Le comte, qui ne
voulait pas entraîner ses filles dans l'a-
bîme avec lui, formait depuis quelque
temps le projet de leur faire quitter la
Norvège ; il profita de la maladie d'Ellésif pour les éloigner, sans exciter leur
surprise.

Anasthasia attribuait le mécontentement de la cour à l'indiscrète vivacité
que mettait son père à obtenir du roi
son consentement au mariage projeté
avec le prince régent de Holstein. Ce

choix déplaisait au roi ; elle le savait, et supposait avec assez de vraisemblance que, pour en détourner le comte, le monarque ajoutait au refus de son consentement, la menace de révoquer la concession de propriété qui lui avait été faite par son prédécesseur en faveur de son premier mariage. Cette concession, illégale par le fait, n'avait été maintenue que par considération pour le comte, et pouvait être annulée facilement s'il croyait avoir à se plaindre de lui. Anasthasia, satisfaite de l'honneur de devenir princesse, aurait volontiers sacrifié la fortune de sa mère : mais son amant, ou du moins ceux qui le dirigeaient, ne pensaient pas ainsi, et voulaient qu'une fortune immense le dédommageât du moins d'épouser une femme qui ne tenait pas à la famille royale par des liens honorables. Fatiguée de tant de lenteur, la fière et froide Anasthasia apprit avec plaisir le projet de son père ; elle se promit, en arrivant dans le comté de

Sleswick, d'avoir une entrevue avec le prince, et de rompre entièrement avec lui s'il paraissait balancer.

Ellésif, indifférente sur le lieu de son séjour, éprouvait cependant ce désir d'en changer, si commun aux personnes malades au moral plus encore qu'au physique ; désir qui fait naître une vague espérance de trouver du soulagement dans une autre situation.

Théodore, en partant, n'avait pas pris la route du comté de Sleswick ; tout semblait écarter la possibilité de le rencontrer : cependant l'imagination délirante de l'amour qui opère des miracles, persuadait à Ellésif qu'elle le trouverait dans cette contrée.

Comme les deux sœurs ne pouvaient partir seules, le comte de Lauvenheilm pria le baron Hoffendal et sa femme de les accompagner, en leur faisant les plus brillantes propositions pour les dédommager des fatigues et des soins d'un si long voyage. Il offrit même au baron, si

la chose pouvait lui convenir, l'admi-
nistration de tous ses biens, situés dans
le comté. Le jeune homme se hâta d'accepter un parti si avantageux, et madame Hoffendal fit joyeusement ses préparatifs et parut avoir oublié qu'un vaisseau pouvait faire naufrage. La veille
de leur départ, Ellésif demeura long-
temps à la fenêtre pour jeter un dernier
regard sur ce pays où elle avait passé de
si doux moments. Le mois d'octobre finissait; les campagnes dépouillées de ver-
dure et le ciel nébuleux, offraient un
aspect mélancolique et sombre, parfaitement d'accord avec la tristesse de la
malheureuse Ellésif, dont les larmes
coulaient en silence. Derrière ces montagnes, peut-être, Théodore pensait
maintenant à elle avec la même tendresse
et les mêmes regrets; peut-être, hélas!
était-il sur la route d'Espagne, marchant
vers les honneurs, plein d'idées ambi-
tieuses, et repoussant son souvenir comme
une pensée frivole, indigne de son grand

caractère ! Hélas ! quelle désolation suc-
cédait à des moments si délicieux ! comment méritait-elle ce complet oubli ?
Devait-elle être punie des torts de son
père ? pourquoi Théodore la laissait-il
dans la cruelle ignorance de son sort et
de ses sentiments ? avait-il donc réellement pris la résolution d'une éternelle
séparation.

Désespérée d'une supposition qui détruisait ses plus chères espérances, elle
s'écria : Oh ! oui, je partirai,... pour ne
jamais revenir ; j'oublierai ces lieux où
je fus un instant si heureuse !... Le tombeau guérira tous mes maux.... Là, tout
est oublié ,...., et déjà ne suis-je pas
oubliée de celui dont je croyais posséder
l'affection ? Telles étaient les tristes réflexions de la malheureuse Ellésif. La
douleur la rendait injuste en ce moment.
Quels eussent été les transports de sa
joie, si elle avait pu voir ce qui se passait dans le cœur de Théodore ?

Le comte de Lauvenheilm parut fort

agité le jour où ses filles devaient s'embarquer, et voulut prendre congé d'elles
séparément. Anasthasia, qu'il vit la première, revint bientôt les larmes aux
yeux, et portant sur sa physionomie
l'empreinte d'un regret bien naturel au
moment de quitter un père qui l'ido-
lâtrait.

Ellésif entra dans le cabinet du comte
avec une si forte émotion, qu'elle s'arrêta près de la porte, pouvant à peine
se soutenir ; la terre lui semblait prête à
se dérober sous ses pas. Le comte, non
moins agité, rassemblait toutes ses forces
pour surmonter et diminuer son trouble.
Il sentait tout le danger de sa position ; un miracle seul pouvait le sauver,
et ce miracle même devenait impossible
si le roi acquérait la preuve de sa trahison ; cette preuve, hélas ! peut-être
l'avait-il entre les mains : alors, c'en
était fait de sa vie ,..... alors, il embras-
sait ses filles pour la dernière fois ! A
cette idée terrible, son cœur se brisa ;

il tendit les bras à Ellésif, sans avoir la force de prononcer un mot.

Elle aussi venait à cette entrevue, avec le triste présage que c'était la dernière, car elle se croyait sur le point de descendre au tombeau. Cédant à l'excès de sa douleur, elle baisa en pleurant les mains de son père, et tombant à ses genoux, elle le conjura, en fondant en larmes, de lui donner sa bénédiction.

Pourquoi cette excessive douleur, mon Ellésif! demanda le comte effrayé; pensez-vous donc que nous ne nous reverrons plus?—Que dans le ciel, répondit-elle, et ses sanglots redoublèrent. Le comte la tenait dans ses bras et regardait, avec le silence du désespoir, ses traits altérés et portant l'empreinte de la plus vive souffrance ; il la porta sur un sopha et s'assit auprès d'elle.—Dites-moi, ma fille, pourquoi pensez-vous que nous ne nous reverrons plus dans ce monde? Il se tut quelques minutes et ajouta : Que savez-vous?.... que soupçonnez-vous?...

L'expression extraordinaire de sa figure et de sa voix troubla la raison d'Ellésif; et répétant d'un air égaré les derniers mots du comte, elle s'écria : O ! mon Dieu , mon Dieu ! il y a donc quelque chose à savoir,..... quelque chose à soupçonner !.....

Ses regards se promenaient autour de l'appartement, comme si elle eût espéré découvrir ce fatal mystère; elle mit la main sur son front : — Non, je ne peux supporter cet état.... Je préfère la mort à cette horrible incertitude; dites-moi, mon père, s'écria-t-elle, se jetant à ses pieds, dites-moi, au nom du ciel, ce que cela signifie; qu'a-t-on fait à Guévara ? est-il vivant ?

Les horribles fantômes qui troublaient son sommeil s'offrirent en même temps à elle; dans une espèce de délire, elle crut voir les mains de son père teintes du sang de son amant; elle poussa un cri terrible, se couvrit la figure de sa robe, et tomba sur le plancher. Le comte vit que la tête de sa fille était égarée ; toutes ses craintes alors se concentrèrent sur elle. Il la releva doucement, la pressa contre son cœur. — Calmez-vous, mon Ellésif, lui dit-il tendrement ; si vous aimez votre malheureux père, maîtrisez cette dangereuse sensibilité. Vous n'imaginez sûrement pas que je me sois abaissé au point de me compromettre avec mon secrétaire? Dans ce moment le regard d'Ellésif fit rougir son père ; et vraiment honteux de ce qu'il venait de dire, il ajouta : Tant que je l'ai cru parfait, je l'ai regardé comme mon égal, souvent comme mon supérieur : mais à présent je soupçonne, je suis presque sûr qu'il a trahi ma confiance en attirant sur moi la colère de mon roi. Le mépris a remplacé l'estime..... Faut-il que je soupçonne, Ellésif, qu'il a poussé sa profonde ingratitude jusqu'à chercher à troubler votre repos? — Oh ! jamais, jamais M. Guévara n'a manifesté d'autre sentiment que celui de l'amitié ; et si cette

fausse idée vous a déterminé à le con-
gédier...

Le comte l'interrompit, et lui dit avec
gravité : Mon Ellésif, le sujet de notre
éternelle séparation est d'une nature
bien différente; il vous importe peu de
le connaître; sachez seulement que Guévara est indigne de la pitié que vous
ressentez pour lui. Combien je me réjouis
que vous n'ayez pas à son égard d'autre
sentiment que celui d'une amitié à laquelle vous renoncerez facilement quand
un père vous déclare que Guévara ne la
mérite plus.

Ellésif s'assit en pleurant; les dernières
paroles de son père détruisaient toutes
ses espérances. Théodore n'avait donc
pas avoué son attachement pour elle;
il avait été ingrat envers son père; il
était parti sans essayer de se justifier
auprès d'elle et d'expliquer sa conduite:
il fallait donc conclure qu'elle s'était
trompée sur son caractère comme sur
son amour. Un amer sentiment de honte

retint dans son cœur l'aveu qu'elle était
sur le point de faire à son père; un mouvement passager d'indignation contre
l'homme qui avait ainsi usurpé son estime et sa tendresse, lui donna la force
de répondre avec assez de fermeté : Mon
père, pardonnez un instant de faiblesse
qu'il ne faut attribuer qu'à l'altération
de ma santé et aux inquiétudes causées
par votre profonde tristesse : mais j'essaierai de redevenir moi-même, par
amour pour vous, pour vous seul!.....
En disant ces derniers mots, elle baisa
la main de son père avec l'expression de
la plus vive tendresse. Malgré cette réponse, le comte ne lut que trop bien
dans le cœur de sa malheureuse fille et
sentit le sien déchiré par la douleur, la
pitié, et le regret d'avoir exigé de Théodore une action qui avait mis une éternelle barrière entre eux.

Vivez pour votre père, mon Ellésif,
lui dit-il en la pressant contre son cœur;
jamais vous ne me fûtes plus chère que

dans ce triste moment. Si le ciel détourne
de moi la foudre qui plane sur ma tête,
je ne vivrai que pour mes enfants, je
renoncerai aux vaines illusions que j'ai
poursuivies toute ma vie, et je ferai
tout pour vous dédommager de ce que
vous souffrez maintenant. — Ah ! mon
père, s'écria Ellésif, quel danger vous
menace? Au nom du ciel, dites - le
moi; nulle réalité ne peut être aussi terrible que mes effrayantes conjectures....
Peut-il y avoir une seule de vos actions
qui ne soit conforme à l'honneur? Celui qui vous connaissait si bien vous
plaçait au-dessus de tout.,.. Elle s'interrompit et détourna la tête pour cacher
sa rougeur en faisant allusion à Théodore.

Le comte sentit qu'il avait été indiscret,
et qu'il fallait dissiper, au moins en
partie, l'inquiétude de sa fille. — Il est
des secrets d'état, ajouta-t-il, qu'on ne
doit pas révéler à ses meilleurs amis;
plein de confiance dans la droiture de

Théodore, je lui ai ouvert mon âme entière : il m'a trahi !

Non, non, mon père, s'écria Ellésif
avec véhémence ; je répondrais de son
honneur sur ma vie ; quoi qu'il arrive de
sa faute envers vous...... je ne peux,......
je ne veux pas croire qu'il soit capable
de vous trahir.

Vous serez peut-être horriblement
détrompée ! dit le comte en pâlissant et
éprouvant un tremblement convulsif.

Ellésif allait le conjurer de renoncer
à ce langage obscur, mais il devina sa
pensée et ajouta précipitamment : Venez,
je ne puis prolonger cet entretien. Je ne
vous accompagnerai point à bord ; je ne
serais pas maître de moi, et nous ne devons jamais exposer nos sentiments aux
regards du public..... Que Dieu veille
sur vous, mon Ellésif,........ ma fille
bien-aimée !...... Nous nous retrou-
verons... oui.... nous nous reverrons....
un jour.

Le comte essaya de sourire, et cette

tentative fit ressortir plus fortement l'altération visible de ses traits. Ellésif se
précipita dans ses bras, et si le ciel, en
ce moment, eût exaucé son ardente
prière, il les eût dérobés ensemble à la
vie et aux souffrances!

Plus désolée que jamais, forcée de
s'éloigner des lieux témoins de son bonheur passé et de sa douleur présente,
Ellésif joignit Anasthasia, et passant au
milieu de ses gens en pleurs, elle atteignit la voiture.

Madame Hoffendal et son mari les
attendaient. Elles traversèrent rapidement le quai et s'embarquèrent. Ellésif
se trouva encore une fois sur ce terrible
élément qu'elle avait traversé huit mois
auparavant avec Théodore, et qu'elle
traversait maintenant sans lui, sans bonheur et sans espérance!

CHAPITRE II.

Qu'était devenu l'infortuné Théodore pendant ces deux tristes mois?

Il avait préféré voyager à pied par les chemins de traverse, espérant distraire son âme par les fatigues du corps. Son petit bagage suivit la route ordinaire ; et lui, muni seulement du linge nécessaire pour sa route, de sa cassette d'ivoire et de deux souvenirs d'Ellésif, se dirigea seul vers la vallée.

Comme il connaissait parfaitement le pays, il ne prit point de guide et se précautionna de son mieux contre les difficultés de la route.

Pendant qu'il s'éloignait de Christiana, il eût été bien difficile de décider quel sentiment dominait dans son cœur. La tendresse, la douleur, l'indignation,

3.   3

le mécontentement de lui-même se succédaient tour à tour pour le tourmenter.
Il était tenté de croire que le comte de
Lauvenheilm n'était pas digne de regrets. Cependant l'habitude de l'aimer,
de l'admirer, était si bien enracinée
dans son cœur, et lui avait paru si
douce, qu'en se rappelant leurs premiers épanchements de confiance et
leur mutuelle estime, il éprouvait une
angoisse qu'en vain sa raison condam-
nait. Toutefois, lorsque sa mémoire
trop fidèle lui rappelait l'indifférence
du comte, l'injuste traitement qu'il en
avait reçu dans leur dernière entrevue,
l'ignominieux mystère auquel il l'avait
condamné, sa fierté s'indignait ; il se
blâmait lui-même de n'avoir pas exigé
du comte qu'en présence de sa famille,
il attestât que leur séparation était volontaire. Jamais le cœur de Théodore
n'avait été si irrité et si peu disposé à la
tendresse. Il en voulait presque à Ellésif
de n'avoir pas deviné ce qu'il savait fort

bien qu'elle devait ignorer : mais les souffrances d'un cœur passionné sont si violentes, elles le rendent si injuste, que, dans cet instant, il accusait Ellésif d'inconstance, parce qu'elle n'avait pas paru le matin de son départ.

Le comte m'a trompé, cruellement trompé, disait-il tristement; peut-être m'a-t-elle trompé aussi! O Ellésif! si vous n'aviez que l'apparence de la perfection,.... adieu pour jamais à la confiance, adieu pour jamais à l'amour.

Théodore, en prononçant ces mots, entrait dans le petit village de Gran, où il s'arrêta pour se reposer dans une espèce d'hôtellerie, après avoir demandé un cheval pour aller plus loin.

Livré au désespoir, il était assis devant la porte, appuyant sa tête dans sa main, s'étonnant d'avoir pu croire que dans le monde il existait quelque chose qui valût la peine d'être aimé un instant, lorsqu'un voyageur passa en chantant cette ballade norvégienne qui

l'avait charmé dans la bouche d'Ellésif.
Cet air produisit un effet magique; son
cœur s'adoucit; il crut encore entendre
la douce voix d'Ellésif, et ressentit les
transports délicieux qu'elle faisait naître
dans son cœur. Il voyait son aimable
sourire, ses yeux pleins de tendresse et
de bonté, et cette gracieuse figure,
image parfaite de l'innocence : — Non,
Ellésif, tu ne ressembles point à ton
père, s'écria-t-il ; je suis un monstre
de douter de toi ; peut-être ne t'enten-
drai-je jamais dire que je te suis cher!
Peut-être ne nous reverrons-nous jamais
sur la terre ! mais je veux m'en fier à ce
que m'ont assuré tes yeux ; et, dans un
autre monde, mon âme réclamera de la
tienne la promesse qu'ils m'ont faite
dans celui-ci.

Il n'est point de chagrin dans la vie
qui ne soit effacé par l'assurance d'être
cher à l'objet de notre amour. Théodore
s'arrêta à cette pensée, et l'espoir rentra
dans son âme. Ce moment de consolation

dura peu ; l'arrivée du messager d'Anasthasia mit fin à sa méditation et à ses
espérances.

Il montait à cheval quand il l'aperçut ;
sans se rendre compte du sentiment
qu'il éprouvait, Théodore augura mal
de sa présence, retira son pied de l'é-
trier, et attendit qu'il se fût approché.

Le courrier ne descendit point. Voilà
un paquet de la comtesse Ellésif, dit-il ;
je vous souhaite un bien bon voyage,
monsieur, et un prompt retour. En
finissant ces mots, il tourna bride et
partit au grand galop, sans que Théodore
eût la présence d'esprit de lui faire la
moindre question. Agité par la crainte
et l'espoir, et cependant se reprochant
toute injurieuse supposition, il rentra
dans l'hôtellerie et se retira dans une
chambre solitaire. Avant d'ouvrir le paquet, il le pressa dans ses mains, et prévit
le coup douloureux dont il allait être
frappé. D'une main tremblante il rom-

pit le cachet, et ne trouva que la petite
guitare enveloppée de papier blanc.

Ou le comte de Lauvenheilm était le
plus cruel et le plus insensible des hommes, ou Ellésif la plus légère, la plus
vaine des femmes! Si elle l'avait aimé,
comment un faux rapport pouvait-il si
promptement changer son cœur? et si
elle n'avait pas senti ce que ses yeux
exprimaient, pourquoi s'être fait un jeu
barbare de le séduire? Il balança long-
temps entre ces deux idées; mais l'amour
plaida pour Ellésif, et lui persuada qu'il
était plus raisonnable de soupçonner le
comte qui venait de l'outrager, que
d'accuser celle dont les paroles et les
actions s'étaient si long-temps et si fidè-
lement montrées d'accord. Mais à quoi
cela devait-il servir, si le comte de Lauvenheilm persistait dans son injuste ressentiment? Hélas! pensait le désolé
Théodore, comment puis-je me flatter
qu'elle continue de m'aimer en dépit du

temps, de l'absence et de la calomnie?
On cherchera à m'éloigner de son souvenir;..... on lui persuadera qu'il est
de son intérêt, de son devoir de m'oublier!.... Mais moi! tout la rappelera
à ma pensée!.... Elle verra chaque jour
des hommes qui me surpasseront en
talents, en agréments :.... Qu'importe
un cœur tendre et fidèle?.... D'ailleurs, peut-elle savoir si le mien est
meilleur, est plus vrai que celui des
autres?.... On l'entourera de flatteries,
de plaisirs :.... au milieu de la joie
générale, restera-t-elle seule plongée
dans la tristesse?.... Non, non : elle se
consolera de mon absence ; elle ou-
bliera même que j'existe !

C'est ainsi que Théodore jugeait en
ce moment celle que son imagination
défiait presque quelques jours auparavant; son noble caractère avait donc
ressenti l'influence pernicieuse et cor-
ruptrice du monde, et Théodore aussi

pouvait se montrer injuste et mé-
fiant !

Le temps porte atteinte non-seulement
à la jeunesse et à la beauté ; hélas ! il al-
tère aussi la noblesse et la beauté de
l'âme ! Si nous ne pouvons éviter le premier accident, sachons du moins conserver nos vertus, puisque la chose est
en notre pouvoir. Naturellement disposé
et habitué à bien penser des autres,
Théodore, cependant, aigri par le
malheur, soupçonnait de légèreté, de
perfidie, celle qu'il chérissait plus que
sa vie, celle que son absence plongeait
dans le plus affreux désespoir !

Ce fut dans cette disposition d'âme
qu'il continua son voyage, et, pour la
première fois de sa vie, songeant avec
peine au moment où il reverrait Dofrestom et Catherine. En effet, il ne pouvait
leur expliquer la raison de son retour,
et cependant il ne voulait pas leur laisser
croire qu'il était encore l'ami du comte.

Tromper ses amis ou révéler leurs torts,
répugnait également au généreux Théodore. Il fallait donc avouer qu'il était
pour jamais séparé du comte, et cependant ne pas trahir ce cruel bienfaiteur. Combien cette tâche était pénible
et difficile !

Et voilà l'homme que le comte de
Lauvenheilm soupçonnait d'être son ac-
cusateur à Copenhague !.... Ah ! loin
que cette pensée entrât dans son cœur,
il frémissait en songeant au danger qui
le menaçait ; il aimait à se flatter que le
comte avait pourvu d'avance à sa sûreté,
ou qu'il renoncerait à des projets imprudemment confiés peut-être à des confi-
dens moins discrets que lui.

La chaleur était excessive, et Théodore était souvent obligé de s'arrêter au
milieu du jour pour s'en garantir. Dans
sa route solitaire, il apercevait de
loin en loin quelques pâtres condui-
sant leurs troupeaux dans les pâturages
abrités par les montagnes, ou quelques

3.

ours solitaires étendus sur leurs tapis
de mousse. Pas un arbre, pas une habitation ne rompait la longue mono-
tonie du sentier escarpé qu'il parcourait;
et rien, pas même le bourdonnement
d'un insecte, n'interrompait le profond
et continuel silence qui régnait autour
de lui. Le jour, il prenait son frugal
repas à côté d'une source qui étanchait
sa soif; et la nuit, descendant au bas de
la montagne, il cherchait un abri sous
la cabane ambulante de quelque berger.
La société de ces êtres simples et bons
calmait pour un moment ses douloureuses pensées : mais quand il songeait
que, peut-être, il ne manquait à ces
cœurs purs que la tentation pour devenir
coupables, il soupirait sur la faiblesse humaine et sur la destinée du comte de
Lauvenheilm.

Toute son existence se trouvait chan-
gée si subitement, qu'il se croyait quelquefois transporté dans un autre monde.
Tous ses rapports avec Ellésif étaient

détruits ; leur souvenir même devenait
un nouveau tourment. Le pays lui paraissait changé ; il trouvait les montagnes
plus arides, les vallées moins fertiles,
le paysage moins pittoresque. Ces grands
traits de la nature, naguère sublimes à
ses regards, ne lui offraient plus maintenant que d'effrayantes horreurs, et ce
profond repos lui semblait une image de
la mort. La gaieté bruyante et les jeux
rustiques des bons villageois l'importu-
naient ; il avait besoin de rappeler son
indulgente bonté pour supporter un spectacle qui irritait ses douleurs.

Enfin, après avoir descendu le Fils-
Fialle, il entra dans le gouvernement
de Bergen, et le souvenir de ses premières années produisit dans son âme
une diversion salutaire, mais momenta-
née. Il poursuivit son voyage sur les lacs,
et traversa la seconde chaîne de montagnes avec un peu plus de calme : toutefois il ne se soutenait que par de prodi-
gieux efforts de courage ; il sentait

lui-même qu'en arrivant à sa maisonnette, il succomberait infailliblement sous l'excès de ses maux.

Septembre commençait ; et lorsqu'il atteignit Aardal, les paysans moissonnaient leur rare et précieuse récolte. L'existence des habitants de ce pays dépendant, pour la nourriture première, des soins prévoyants de leurs gouvernements et du superflu des autres contrées, ils estiment une poignée de blé beaucoup plus qu'une poignée d'argent. Une année abondante devient pour ces cultivateurs laborieux et peu émigrants une source de joie ; et ils renferment le produit de leur petit champ, qu'ils regardent comme le plus précieux des trésors.

La vue de la maisonnette où demeurait celui qui avait passé la moitié de sa vie dans le monde sans rien perdre de la bonté, de la pureté de son âme, fit une douce impression sur Théodore ; ses yeux s'arrêtèrent avec une triste mais tendre émotion sur les objets qui l'entouraient.

Il admirait l'activité des jeunes paysans; il enviait leur obscurité, leur innocence; oubliant que les nobles facultés de notre âme se développent dans la société, et que c'est au milieu des séductions du monde qu'il est beau, qu'il est difficile de pratiquer la vertu.

Théodore, pour ne pas être reconnu d'abord par les villageois, se rendit à la maisonnette par un sentier détourné. Quel heureux changement depuis son dernier voyage ! Maintenant tout charmait les regards par l'aspect de l'aisance. Des fleurs soigneusement cultivées embellissaient de leurs riches couleurs le verger couvert de fruits de toute espèce. Au milieu du jardin s'élevait encore le cadran solaire, ouvrage de Théodore, et des touffes de lierre et de clématite en fleurs serpentaient avec grâce autour de son piédestal.

Toutes les fenêtres de la maisonnette

étaient ouvertes. A l'une des plus basses,
il entendit Magdalen chanter près de son
nourrisson ; elle paraissait être seule au
logis ; Théodore se sentit soulagé par
cette idée ; car il désirait quelques instants de repos avant d'éprouver de nouvelles émotions.

En s'attachant au comte de Lauvenheilm, Théodore avait obtenu la permission de se rendre une fois par an dans
la vallée. La visite de Dofrestom à Christiana paraissait devoir suppléer cette
année à ce voyage ; cependant, d'après
l'attachement de Théodore pour son
père adoptif, on ne pouvait pas être
surpris de son empressement : aussi Magdalen, en l'apercevant, ne témoigna-
t-elle que de la joie. Elle releva précipitamment son petit enfant qui jouait à
ses pieds, et s'avança vers Théodore avec
empressement.

Théodore lui serra la main plusieurs
fois avec amitié. Il éprouva un instant
de consolation, et se reconcilia presque

avec la nature humaine, en voyant l'air
de bonté, de douceur et de franchise de
cette jeune femme.

Magdalen remarqua que ses traits
étaient devenus plus mâles, que sa
physionomie paraissait moins douce,
moins calme, mais bien plus expressive
qu'autrefois. Fière et reconnaissante des
paroles affectueuses qu'il lui adressa,
elle s'attendrit en le voyant caresser son
enfant, et, les larmes aux yeux, prier
le ciel de le préserver de la douleur et
de l'adversité.

Il demanda des nouvelles de ses amis,
et Magdalen lui dit que Dolrestom et
Catherine assistaient à la fête de la mois-
son, chez le pasteur; qu'Erie surveillait
les travaux du moulin, et qu'elle était
restée pour garder la maison. — O!
quelle joie pour eux! je vais les avertir;
et, sans attendre de réponse, elle sortit
de la maison en courant.

Théodore employa le temps de sa
courte absence à fortifier son âme. Il ne

trouvait nulle consolation à parler avec
amertume de l'homme qui causait ses
chagrins, et il savait d'ailleurs combien
une pareille confidence serait pénible
au vénérable Dofrestom.

Le vieillard et sa sœur accoururent à
lui avec l'expression de la joie la plus
vive. Dofrestom savait déjà, par les lettres de Théodore, les démarches que
l'on faisait en Espagne; il présuma, sans
autres réflexions, qu'une visite d'adieu
précédait son départ pour ce pays.
Théodore ne détruisit point cette idée.
Il attendait d'un jour à l'autre une invi-
tation directe de son grand-père ou du
chevalier de Roye; et dans le cas où
elle n'arriverait pas, il était bien décidé
à se rendre en Espagne en quittant la
vallée.

Ce sujet fut interrompu par les questions de Catherine sur chaque membre
de cette famille, dont son frère lui avait
tracé un portrait si aimable. La beauté
d'Anasthasia, la complaisance, la bonté

du comte, et, par-dessus tout, la séduisante douceur d'Ellésif, excitaient son enthousiasme. Chacune de ses paroles déchirait le cœur de Théodore : mais il n'était plus seul ou parmi des étrangers, et ce n'était plus comme durant son voyage, où peu importait qu'il fût triste ou gai. La figure de ses amis rayonnait de plaisir ; en cet instant, ils le croyaient le plus heureux des hommes : combien il eût été cruel de les détromper et de rompre le charme sans une indispensable nécessité ! Théodore prit donc sur lui de dissimuler, quelque effort qu'il lui en coûtât.

Il essaya de détourner la conversation, en racontant à ses amis ce qu'il avait observé pendant son absence ; et, prétextant bientôt la fatigue du voyage, il demanda la permission de se retirer. Resté seul avec Dofrestom, il se sentit si souffrant, qu'il craignit de tomber sérieusement malade. Plein de cette idée,

il crut ne pas devoir différer plus long-
temps d'instruire Dofrestom des événements, dans la crainte que le délire de
la fièvre, ou quelque accident imprévu
ne lui découvrît la vérité.

Dofrestom fut au-devant de la confidence, en remarquant, ce qu'il n'avait
pas voulu dire devant Catherine, que
Théodore paraissait malade. Vous avez
raison, mon père, répondit-il tout bas
et d'une voix altérée ; je ne me sens pas
bien ; le chagrin en est la cause. Il faut
bien vous l'avouer, je suis loin d'être
aussi heureux qu'à l'époque de votre
visite. L'inquiétude se peignit dans les
yeux du vieillard, qui fit une exclamation de surprise. Théodore ajouta d'une
voix tremblante : Je semble destiné à
vous affliger, mon père ; cependant
Dieu sait que ce n'est pas ma volonté,
et j'espère que ce ne sera jamais par mes
propres actions.... Je vois que vous
pensez à Henreich : en vérité, ce n'est

pas de lui que je veux vous parler ; tous
mes efforts pour découvrir sa retraite
ont été vains.

Parlez, mon enfant, dit Dofrestom,
dont les regards inquiets fixés sur Théodore annonçaient tout à la fois la plus
vive inquiétude et la plus grande tendresse.

—J'ai eu le malheur de déplaire à
mon bienfaiteur, dit Théodore ; il a
mal interprété ma conduite dans une
occasion importante : nous avons dû
nous séparer pour toujours !

La voix de Théodore s'éteignit, il ne
put continuer, et resta immobile, attendant un mot de Dofrestom. Celui-ci,
plongé dans une méditation profonde,
cherchait à deviner le motif d'un pareil
événement ; car, d'après tout ce qu'il
avoit vu et entendu, il n'était pas possible de croire le comte capricieux, ou
Théodore coupable. Il attribuait donc
leur désunion à une cause dont il avait
récemment espéré un résultat bien dif-

férent. — Et quel était donc le sujet de
votre mésintelligence, mon cher Théodore ? — Mon père, je voudrais bien
que vous ne me fissiez pas de question :
— Mais vous voulez bien me laisser deviner..... Ah ! mon cher enfant, j'ai
prévu beaucoup de bien ou beaucoup de
mal pour vous pendant mon séjour à
Christiana ; quoique vieux, j'ai conservé
les souvenirs de ma jeunesse ; mon cœur
palpite encore à l'idée de mon épouse
chérie !... Ah ! mon ami,... cette aimable jeune dame aimait trop à entendre parler de vous ; elle était trop
attentive envers un pauvre vieillard
comme moi... J'ai bientôt connu qu'elle
vous accordait la préférence sur tous.
— Non, non, mon père, s'écria Théodore rougissant et respirant à peine :
son extrême agitation prouva mieux
encore à Dofrestom qu'il ne s'était pas
trompé.

— Je ne vous demande plus rien,
mon enfant ; il y aurait de la bassesse à

convenir que cette dame vous aime, puisque le comte blâme votre mutuel attachement. Je souffre sans doute de vous voir malheureux: mais j'aurais plus souffert encore, peut-être, en apprenant que le comte était aussi ingrat, aussi inconstant que le professeur.

Théodore tressaillit et ne répondit pas.

Que cette jeune dame est aimable! reprit Dofrestom après quelques instants de silence. Je la trouve, en vérité, plus jolie que sa sœur, quoique la beauté de cette dernière m'ait presque ébloui; mais la comtesse Ellésif est si bonne! si sensible! si enjouée! si franche! — Voilà son portrait fidèle, s'écria Théodore transporté, se rapprochant de Dofrestom, et le regardant tendrement, comme pour l'inviter à continuer sur le même sujet; et il répéta : Voilà son portrait fidèle!

Dofrestom revint sur les heureux jours qu'il avait passés à Christiana, près de

Théodore. Peu à peu il rappela toutes
ses observations sur Ellésif, et trouva
Théodore parfaitement disposé à les
adopter sans restriction. Chaque circonstance, chaque mot particulier qu'il citait,
venaient à l'appui de ses observations,
et Théodore pensait que les remarques
d'un tel observateur devenaient des
preuves sans réplique. Il s'abandonna,
sans y songer, au plaisir de parler d'Ellésif, et l'on s'apercevait que tout, dans
sa physionomie comme dans ses discours, trahissait l'amour qu'il prétendait
cacher.

De son côté, Dofrestom, satisfait que
ses conjectures fussent vraies, se conso-
lait d'une séparation à laquelle le comte
s'était probablement déterminé plutôt
par convenance pour son haut rang que
par caprice ou légèreté. Pénétré de
cette idée, il ne chercha point d'autres
informations, et se livra secrètement à
l'espoir brillant de voir son fils adoptif,
reconnu enfin par sa famille, devenir

un jour l'époux de la comtesse Ellésif.
Séduit par cette douce illusion, il ne
s'affligea de la conduite du comte qu'en
raison des effets qu'elle produisait sur
la santé de Théodore. Catherine fut la
seule initiée par son frère dans le secret;
on crut généralement dans le voisinage
que Théodore était venu leur faire ses
adieux avant son départ pour l'Espagne.

Sa tristesse profonde eût peut-être
donné lieu à bien des conjectures, sans
la maladie violente dont il fut atteint
après son arrivée. Malheureusement ce
n'était pas l'époque de la tournée du
seul médecin de la contrée ; Théodore
resta donc livré aux ressources de la
nature et aux tendres soins de ses amis.
Au bout de trois semaines passées entre
la vie et la mort, le danger cessa, et le
malheureux retrouva sa raison et ses
forces pour sentir plus vivement que jamais sa cruelle situation. La crainte et
l'espérance, le désespoir et la confiance
tourmentaient tour à tour et consolaient

son cœur. Son ressentiment contre le comte perdait chaque jour de sa vivacité. Durant sa maladie, livré à de profondes réflexions, il avait envisagé les derniers événements et le caractère du comte de Lauvenheilm sous un nouveau point de vue, et repris sa première prévention pour lui.

Dans le premier moment, il avait précipitamment conclu que l'homme capable de trahir une confiance sacrée, et de tenter la fidélité d'un autre, avait perdu tout sentiment d'honneur, et que ses vertus supposées n'étaient que le masque d'un ange sur la figure d'un démon : mais en se rappelant les actions et les sentiments habituels du comte, qui attestaient sa bonté, sa générosité,..... l'estime de tant de personnes éminentes de tous les pays,..... et par-dessus tout, l'amitié touchante, l'intérêt sincère, la confiance sans bornes, manifestés par le comte à son égard en toute occasion, Théodore, plus disposé à

plaindre qu'à blâmer, déplorait le sort
de son bienfaiteur, et trouvait des excuses pour lui dans la foiblesse de l'humanité. Il se reprochait son injuste horreur pour un homme qu'il avait tant
aimé, et se désolait d'être séparé de lui.

La pitié et le plus vif intérêt rempla-
çaient le ressentiment dans son âme, et
il osait se flatter que le comte, revenant
à la vertu, consentirait avec plaisir à
son union avec Ellésif.

Théodore reçut des lettres d'Espagne
et de Copenhague ; mais pas un mot de
souvenir et d'amitié des lieux qu'il venait de quitter. Ce silence détruisit tout
son espoir, car il ne croyait pas possible
qu'Ellésif pût rester aussi indifférente sur
son sort, si elle avait conservé pour lui
la moindre affection.

Quoiqu'il n'eût pas établi une seule
correspondance à Christiana, il lui semblait qu'il devait entendre quelqu'un
lui parler d'elle, et il regardait le silence de ses amis comme une détermi-

3.   4

nation prise de l'humilier ; enfin , il ne
voyait plus rien qu'animé par la passion et par la douleur.

Les lettres reçues étaient de M. Coperstad, d'un littérateur de ses amis , et
de Gaston de Roye.

Cette dernière offrait un mélange de
bon et de mauvais. Il parlait avec plus
de confiance que jamais des succès du
parti autrichien et de la marche triomphante de l'archiduc. Selon lui , tout
était désastre et confusion dans le camp
de Philippe. Si l'événement répondait
aux espérances actuelles , et que Charles
fût vainqueur , Gaston craignait que les
biens du comte de Roncezvalles ne
fussent terriblement endommagés , s'ils
n'étaient entièrement perdus, en raison
de son zèle pour la cause opposée ; mais
ensuite il ajoutait qu'il avait appris par
don Julian Casilio , officier distingué,
fait dernièrement prisonnier , que le
comte de Roncezvalles était fort irrité
de la conduite de son petit-fils don Jas-

per ; que ce jeune homme , entièrement
livré à ses passions , et fort amoureux
d'une dame dévouée au parti autrichien,
paraissait prêt à quitter le parti de Philippe pour suivre les drapeaux de l'archiduc ; qu'il croyait le moment favorable pour tenter de nouvelles démarches auprès du comte de Roncezvalles , et qu'il était presque sûr du
succès. Il consacrait le reste de sa lettre
à dona Elvira , dont il parlait d'une manière tout-à-fait romanesque. «Préparez-
« vous, mon cher Guévara, écrivait-il,
« à me voir amoureux , mais amoureux
« fou , de votre sœur. » Malgré le ton
léger du chevalier et l'apparence d'une
plaisanterie , Théodore saisit avec avi-
dité cette idée, et sentit au fond du cœur
que Gaston était de tous les hommes
celui qu'il préférait nommer son frère.
La plus touchante amitié se peignait
dans sa lettre ; il l'égayait par cent
folies ; il faisait allusion aux premiers
jours de leur connaissance, et chargeait

Théodore de messages plaisants pour les dames de la maison, le croyant toujours auprès d'elles.

La fin de cette lettre oppressa son cœur et lui rendit toute sa tristesse. Gaston terminait ainsi : « Au surplus, je « m'abuse en croyant que, dans cette « maison, un autre que vous pense à « moi. Anasthasia et Ellésif sont trop « lancées dans le tourbillon du monde « pour sentir réellement quelque chose. « On passe devant elles comme des « figures de lanterne magique. Je ne « m'étonnerais pas qu'un autre extrava- « gant eût pris ma place : s'il les fait « rire, elles diront tant mieux ; et s'il « ne réussit pas, ce sera toujours tant « mieux. Je n'ai donc point de chance « pour que l'on se souvienne de moi ; « car vous savez, Guévara (vous voyez « que je n'ai point oublié notre an- « cienne querelle) que les gens de notre « classe ne songent qu'à ce qui les « amuse. »

Ce que le chevalier écrivait en plaisantant, et seulement pour se moquer des premiers préjugés de Théodore, lui parut, dans ce moment de malheur, un véritable oracle. Il tomba dans une profonde et sombre rêverie, et récapitulant la conduite d'Ellésif avec lui, il s'écria : « ô ! Ellésif, si tu es aussi légère, si l'objet présent peut seul t'intéresser,.... si les amis absents sont oubliés !...... ah ! que je t'ai mal jugée !..... Hélas ! peut-être, en ce moment, brillante d'attraits et de parure, la gaieté dans les yeux, le sourire sur les lèvres, tu séduis, tu charmes un malheureux trompé comme moi ; il croit, comme je le croyais, que ton âme se peint dans tes yeux,.... dans tes yeux qui expriment la bonté, la sincérité, la tendresse,..... quand l'indifférence est au fond de ton cœur ! » Funeste résultat de l'amitié du comte et de la cruelle expérience acquise par Théodore ! Maintenant il avait perdu cette confiance qui lui faisait juger les hommes avec tant d'indulgence ; son imagination troublée influençait tous ses jugements et l'aspect du bonheur importunait presque ce cœur autrefois si noble et si généreux. Ce changement dans son caractère devenait un supplice pour lui et détruisait son repos. Le monde lui devenait odieux ; et cependant il sentait combien il était injuste de faire rejaillir sur l'humanité entière les fautes de quelques individus. Que deviendrait en effet la société, si chaque homme malheureux, trahi par des ingrats, s'isolait et renonçait aux devoirs qui lui sont imposés par la Providence ? N'existe-t-il donc pas toujours une ressource contre l'infortune, dans le témoignage d'une conscience pure ? On ne peut être véritablement malheureux que par la conviction d'avoir mérité son sort : tourmenté par ses soupçons, désespéré par ses doutes sur la constance et la sincérité d'Ellésif, Théodore s'aperçut de l'altération progressive de ses facultés ; il

sentit le danger de sa situation ; et le besoin de distraire sa douleur et de raní-
mer son cœur par un pur attachement
lui fit prendre la résolution de hâter son
départ pour l'Espagne. L'espoir de retrouver une sœur qu'il aimait déjà sans
la connaître, devenait pour lui une
source d'intérêt et de consolation. Il formait mille projets pour améliorer son
sort et pour parvenir à oublier ses chagrins ; il fallait d'ailleurs qu'il vît le
comte de Roncezvalles, et que son état
fût enfin fixé.

Il communiqua ses intentions à Dofrestom et à Catherine, en leur lisant
une partie de la lettre du chevalier de
Roye. Malgré le chagrin qu'ils éprou-
vaient en pensant qu'ils allaient le perdre
encore, ses vieux amis ne trouvèrent
pas une seule objection à lui faire. Ils
voyaient que Théodore n'était plus le
même ; sa physionomie, son caractère,
ses goûts, tout était changé ; et la bonne
Catherine ne pouvait s'empêcher de

croire que le monde avait enfin gâté son favori. Triste et contraint au milieu de leur cercle rustique, il tombait dans une si profonde rêverie, que ces bonnes gens étaient tentés souvent de la regarder comme un véritable égarement d'esprit ; car jamais Catherine n'accusait le cœur de son Théodore, auquel elle se réjouissait d'être aussi chère que par le passé. Effectivement, ni sa maladie, ni la tristesse, ne l'empêchait de lui montrer le même empressement à prévenir ses désirs. Dès qu'elle avait besoin de lui, il abandonnait ses livres, sa rêverie, et même sa solitude ; et s'il la voyait prête à répandre des larmes, en remarquant l'altération de ses traits, il s'efforçait aussitôt de prendre un air gai, jusqu'à ce qu'elle eût donné une nouvelle direction à ses idées.

Catherine connaissait si peu le monde, qu'elle ne pardonnait point au comte de Lauvenheilm de désapprouver la passion de Théodore pour sa fille. Dans sa sim-

plicité, il lui semblait que l'amour uni
à la probité, au mérite, aux talents,
donnait droit de prétendre à tout; et
comme elle ne mettait pas un moment en
doute le succès des espérances de Théodore, elle ne pouvait concevoir comment le comte refusait un homme ac-
compli dont le rang était pour le moins
égal au sien. Dofrestom lui avoit récom-
mandé de ne jamais dire un mot sur ce
sujet à Théodore : Catherine obéissait
ponctuellement ; mais elle s'en dédom-
mageait en ne perdant pas une occasion
de parler à son frère de l'ingratitude et
de l'orgueil du comte. Dofrestom cherchait à la calmer, et pouvait à peine
lui faire comprendre que des mariages
inégaux rompent l'harmonie de l'ordre
social; que les unions disproportionnées
sont la source certaine d'une foule de
désagréments. Il convenait que toutes les
idées reçues à cet égard, étaient peut-
être des préjugés : mais ces préjugés
même lui paraissaient nécessaires au bien

4.

général et au repos des familles. Il lui
représentait que Théodore, long-temps
connu comme simple secrétaire du comte,
ne pouvait raisonnablement aspirer à la
main de sa fille qu'en reparaissant avec
le titre et la fortune objets de son espérance. Catherine ne pouvait répondre,
et n'en persistait pas moins à penser
qu'un homme aussi supérieur que Théodore était fait pour honorer les familles
les plus illustres, ne possédât-il au monde
que les qualités brillantes dont l'avait
doué la nature.

Comme le Danemarck n'avait point
pris de part active à la guerre de la suc-
cession, les ports d'Espagne étaient ou-
verts à ses vaisseaux. Théodore se dé-
cida donc à s'embarquer à Bergen, sur
un vaisseau destiné pour la Galice ; il
fit promptement ses préparatifs, et écrivit à ses amis.

Dans sa lettre à M. Coperstad, il lui
apprenait sa rupture avec le comte, sans
rien laisser transpirer du motif. Il témoi-

gnait toujours le plus tendre intérêt
pour son ancien protecteur et sa famille,
et conjurait M. Coperstad de lui faire
part de tout ce qu'il pourrait savoir sur
leur compte.

Incertain du lieu où il irait, où il
pourrait recevoir les lettres de ses amis,
il donna son adresse chez Gaston de
Roye, certain que le chevalier serait un
sûr dépositaire, et découvrirait bientôt
le lieu de sa résidence.

Son premier projet d'embarquement
ne put avoir lieu, et Théodore se vit
obligé d'arrêter son passage sur un vaisseau neutre qui partait pour Baïonne.
Ce changement ne lui déplut pas, car
il se trouvait, par ce moyen, rapproché
des lieux où il se flattait de rencontrer
le plus tôt Gaston. Théodore espérait
qu'à son arrivée en Espagne, la guerre
serait terminée ; et que son ami, établi
à Madrid, à la suite du prince Charles,
lui faciliterait les moyens d'approcher le
monarque et d'obtenir justice. Théo-

dore, naturellement paisible et doux,
frémissait à la seule pensée d'une contestation de famille ; cependant, si le
comte de Roncezvalles ne voulait pas
reconnaître ses droits, il ne pourrait les
faire valoir sans le secours du roi et des
lois. D'ailleurs, il aurait particulièrement
besoin de la protection du souverain,
parce qu'il n'avait pas les moyens de
soutenir un long et dispendieux procès,
et qu'il était fermement résolu à ne pas
recourir aux amis du comte de Lauvén-
heilm ; il aimait mieux renoncer à tout
que de devoir la moindre chose à la
princesse des Ursins.

Avant son départ, il obtint de ses
vénérables amis la promesse qu'ils par-
tageraient sa fortune, si la Providence
lui rendait le patrimoine de son père.
Dofrestom et Catherine n'étaient rete-
nus par aucun lien dans leur pays, et ne
balancèrent pas un moment entre le
changement de climat, si pénible à leur
âge, et le plaisir de vivre auprès de

Théodore. Chaque jour leur espoir de
revoir Heinreich s'affaiblissait. Il avait
vraisemblablement terminé sa vie dans
quelque lieu éloigné, et Théodore était
maintenant leur seul enfant.

Depuis long-temps le nom d'Heinreich n'était plus prononcé entre eux,
et cependant pas un des trois n'accusait
les autres d'indifférence pour la mémoire de celui qu'ils chérissaient tous
également.

Encore une semaine, et Théodore
allait paraître sur une nouvelle scène et
chercher une nouvelle destinée. Pouvait-il espérer de trouver une autre
Ellésif?.... Pouvait-il espérer de perdre
ses souvenirs cruels, de changer d'affection? Pouvait-il enfin se flatter de jouir
encore du bonheur?.... Ah! s'il l'avait
osé, avec quelle joie il aurait affronté
tous les dangers! Mais, hélas! reconnu
par sa famille, entouré de richesses et
d'honneurs, au sein des grandeurs, le
même vide cruel existerait dans son

cœur, en proie aux mêmes regrets, aux
mêmes angoisses. Son affection pour le
comte, son amour pour Ellésif, avaient
presque détruit en lui la faculté d'aimer
appliquée à d'autres. Trahi par des objets chéris, il ne conservoit plus de confiance que dans ses deux vieux amis,
les seuls qui s'en fussent toujours montrés dignes; car Heinreich, Sergendal,
le comte, l'avaient trompé; et pour
comble de désespoir, il soupçonnait
Ellésif elle-même. Le chevalier de Róye,
à la vérité, paraissait bon et zélé : mais
il n'avait jamais donné le gage de cet
attachement qui défie le temps et le
malheur. L'amitié seule de M. Coperstad
s'était trouvé conforme à ce qu'il avait
annoncé ; elle se montrait peu et faisait
peu de bruit : mais elle était également
forte et utile dans tous les temps. Théodore se ressouvint, en soupirant, des
différentes preuves qu'il lui en avait
données ; et il se reprocha d'avoir si
souvent quitté la société de cet excellent

homme pour céder au charme qui l'at-
tirait auprès du comte et d'Ellésif, dont
il éprouvait maintenant l'ingratitude !...
Quel contraste entre l'amitié de M. Coperstad, si calme et si froide en apparence, mais à l'épreuve de tout, et leur
affection qui semblait si vive et si délicate ! Il rougissait d'avoir si mal jugé ;
et les leçons de l'expérience, chèrement
achetées, lui apprenaient que l'admiration prodiguée à ceux qui ont des
qualités brillantes, nourrit leur amour
propre et gâte leur caractère ; tandis
que ceux qui ne peuvent attirer le cœur
par séduction, cherchent à le gagner
par des qualités réelles et constantes.

Dans la même chambre où Théodore
faisoit ces tristes réflexions, Dofrestom
réglait quelques comptes. Théodore
faisait semblant de lire ; ses yeux étaient
effectivement fixés dessus son livre ;
mais Dofrestom s'aperçut qu'il ne tournait point la page. — Hélas, hélas ! dit le
vieillard (Théodore ne l'entendit pas),

si les espérances de mon cher enfant ne
se réalisaient pas, ô mon Dieu! retirez-
moi de ce monde; épargnez-moi la douleur de voir le meilleur, le plus esti-
mable des hommes voué au malheur!...
Ah! pourquoi ai-je consenti à son départ!.... Mais n'est-ce pas en résistant
aux désirs d'Heinreich que je l'ai forcé
de s'éloigner à mon insçu?

Ce souvenir de son fils, joint aux
tristes idées que lui faisait naître le sort
incertain de Théodore, agita tellement
cet excellent homme, qu'il sortit doucement de la chambre pour donner un
libre cours à ses larmes.

Le jour finissait, la nature s'envelop-
pait du deuil de l'automne; une froide
vapeur s'élevait du torrent, se mêlait
aux noirs ombrages des sapins, descen-
dait peu à peu dans la vallée, et le sombre
aspect de la nature semblait d'accord
avec les tristes pensées du vénérable
vieillard. Il s'assit sur un banc auprès
de la maison, récapitulant douloureu-

sement les événemens passés, et cherchant à pénétrer dans l'avenir, lorsque
son attention fut attirée par un objet
vague, semblable à une figure humaine
qui s'avançait de son côté, et soudain
se retira et se perdit dans l'épaisseur du
bois.

Celui qui cherchait ainsi à se dérober
aux regards observateurs ne lui parut
pas être un homme du canton; il en
connaissait trop bien le costume pour se
tromper, même dans l'obscurité.

La figure, enveloppée d'une large
draperie, reparut sur la lisière du bois,
et Dofrestom crut voir qu'elle tenait un
enfant dans ses bras; il fit un mouvement, et l'inconnu s'enfuit.

Cette seconde vision affecta extrêmement Dofrestom. Son cœur battait, il
éprouvait une émotion, un tremblement
extraordinaires; troublé et inquiet, sa-
chant à peine ce qu'il faisait, il revint
s'asseoir dans le parloir.

Théodore paraissait toujours occupé

de sa lecture. Mon fils, dit Dofrestom, j'ai vu une bien étrange figure dans la vallée. Absorbé dans ses pensées, Théodore répondit, sans lever la tête, Qu'avez-vous vu? Il ne remarqua point la voix altérée du vieillard.

Quelques instants après, Dofrestom, incapable de maîtriser sa curiosité, se leva en disant : Je veux voir cependant si cette personne est là. Il prononça ces mots avec un son de voix si émue, qu'il tira Théodore de sa rêverie; il posa son livre, essaya de se rappeler ce que lui avait dit son vieil ami, et se leva pour le suivre.

En entrant dans le petit passage donnant sur le vestibule, il vit Dofrestom pâle et tremblant sur le seuil de la porte, et n'eut que le temps de s'élancer et de le prendre dans ses bras. — Soutenez-moi, mon fils, s'écria le vieillard d'un air égaré;..... j'ai peine à savoir ce qui me trouble.... mais cette figure... Ce n'est sûrement qu'une vision.... mais

elle était-là tout à l'heure..... Oh! sui-
vez-là, mon fils, je vous en conjure!...
O mon Dieu! je me sens mourir!

Théodore appela Eric à grands cris,
pendant que Dofrestom, accablé par
ses sensations, se frappait le sein et
versait des larmes sans pouvoir proférer
un mot. Eric accourut, et Théodore,
dégagé du soin de secourir Dofrestom,
s'élança vers le bois. En approchant,
il vit un homme appuyé contre un arbre,
les yeux attachés sur un enfant qu'il
tenait dans ses bras. A travers l'obscurité, ce mystérieux personnage semblait une ombre plaintive, et Théodore
eut peine à se défendre d'une certaine
émotion. D'une voix tremblante, il
s'écria : Frère! êtes-vous dans le malheur?

Quoique depuis long-temps habitué
à des formules moins amicales, par son
séjour dans le grand monde, il employa,
dans cette occasion, la phrase ordinaire

des Norvégiens, pour indiquer ses bonnes intentions.

L'espèce de fantôme fit un mouvement et retourna la tête. Théodore ne
faisait que l'entrevoir, mais c'en fut
assez pour lui; il s'avança précipitamment vers l'inconnu, qui posa doucement
l'enfant qu'il tenait dans ses bras, se
leva, et courut cacher son visage dans le
sein de Théodore.... Heinreich! est-ce
bien Heinreich! s'ecria Théodore.....—
Plus bas, mon ami, répondit l'infortuné; ne réveillons pas mon enfant!....
L'agitation, la misère apparente, l'air
de souffrance d'Heinreich, déchirèrent
le cœur de Théodore, qui se sentit particulièrement touché des soins qu'il prodiguait à son enfant. N'ai-je pas vu mon
père? demanda Heinreich tremblant de
tous ses membres. Oui, répondit Théodore, sans pouvoir ajouter un mot.....
Dans ce moment, l'enfant se réveilla,
releva la tête, et regarda autour de lui

d'un air d'effroi. La souffrance et le besoin, peints sur sa physionomie, navrèrent l'âme sensible de Théodore, car cette innocente créature était victime des fautes de son père. Il voulut prendre l'enfant dans ses bras, mais Heinreich s'en saisit, et Théodore se contenta de soutenir ses pas chancelants. Venez avec moi, lui dit-il; venez à la maison.... — A la maison!.... Ai-je encore un asile?.... un coupable tel que moi!.... et une espèce de rire insensé suivit ces mots; mais enfin des flots de larmes coulèrent de ses yeux, il appuya sa tête sur l'épaule de Théodore, et demeura quelques instants dans cette position. Théodore ranima son courage et l'entraîna sur ses pas. Bientôt ils virent Dofrestom dans le vestibule, se débattant faiblement contre Eric qui cherchait à le retenir. Donnez-moi cet enfant, s'écria Théodore, voyant Heinreich sur le point de le laisser tomber. Heinreich le lui remit et courut dans le ves-

tibule : mais en apercevant Eric, il se
détourna avec un sentiment de honte et
d'orgueil.

Devinant sa pensée, Eric se retira ;
alors Heinreich, voyant son père seul,
se précipita à ses pieds.

Le vieillard étendit ses mains trem-
blantes sur la tête de son enfant pro-
digue. — Je vous bénis, mon fils ! maintenant je mourrai en paix.

Les sanglots d'Heinreich furent encore interrompus par un accès de faiblesse qui parut à Théodore un bien
fâcheux symptôme. Quant au vertueux
père, il n'entendait rien, il ne voyait
rien que son fils sauvé et repentant.
Théodore se tenait près d'eux avec l'enfant dans ses bras : Quel est cet enfant
demanda Dofrestom ? Le mien, mon
père, répondit Heinreich en le lui pré-
sentant ; daignerez-vous le regarder avec
bonté ?... Et le chérir aussi, ce pauvre
innocent, dit Dofrestom en le couvrant
de larmes et de baisers. Un sourire de

tendresse vint embellir la figure abattue
d'Heinreich. — J'espère que Dieu me
pardonnera, s'écria-t-il en étouffant un
soupir;.... Dieu n'est-il pas votre père
aussi, mon pauvre enfant, dit Dofrestom, et ne vous ai-je pas pardonné?

Il y avait quelque chose de si divin
sur la figure du vieillard en prononçant
ces mots, qu'Heinreich tomba de nouveau à ses genoux. Théodore s'y précipita à côté de lui en disant : Vous avez
encore une fois vos enfants, ô le meilleur des pères, bénissez-les encore une
fois !....

Dofrestom étendit sur leurs têtes cour-
bées ses mains vénérables, et leur donna
en sanglottant, la bénédiction qu'ils
demandaient.

———

CHAPITRE III.

L'histoire d'Heinreich était courte et instructive.

Aveuglé par son amour pour Stéphania Richmann, il s'était ruiné en cédant à toutes ses extravagances ; car bien que son talent lui procurât de grandes ressources, les fantaisies immodérées de sa maîtresse outre-passaient de beaucoup tous ses moyens. Malheureux et repentant, mais toujours coupable ; honteux de sa faiblesse, incapable de la surmonter, il ne pouvait ni excuser ni vaincre son fatal attachement.

La constance de Stéphania fut de courte durée. Heinreich, atteint d'une maladie dangereuse, perdit avec la beauté de sa voix les moyens de satisfaire les caprices de sa maîtresse. Aban-

donné par celle à qui il avait sacrifié
l'honneur et la paix, il tomba dans une
tristesse presque féroce qui lui faisait
repousser avec horreur les soins de Stéphania quand, par hasard, elle pensait
à lui. Charmée du prétexte qu'elle lui
fournissait, l'ingrate Stéphania ne rougit
pas de faire choix d'un nouvel amant,
presque sous les yeux d'Heinreich.

Quoique la passion de celui-ci fût
éteinte, en apprenant cette perfidie, il
éprouva un sentiment de rage; il accabla
Stéphania de reproches, d'injures, et
s'éloigna d'elle avec l'enfant qu'elle avait
eu la première année de leur connaissance.

Heinreich, avec l'incertitude qui avait
toujours dominé son caractère, partit de
Dresde sans savoir où il irait et ce qu'il
ferait; mais ses créanciers décidèrent
bientôt la question : ils le firent arrêter
et mettre en prison. Il supporta quelques
temps son sort avec résignation; à la
fin les besoins de son enfant détruisi-

rent son courage. Il écrivit à Stéphania et lui proposa de le lui rendre, attendu qu'il périrait infailliblement s'il
restait avec lui : mais le cœur de Stéphania n'était pas accessible à la pitié ;
elle ne répondit point, et le pauvre
enfant resta, avec le malheureux père,
à la merci de la charité publique. Son
babil innocent adoucissait quelquefois les
souffrances d'Heinreich : mais plus souvent il exaspérait ses remords ; les traits
de cet enfant, en lui rappelant ceux de
son vénérable père, déchiraient le cœur
du coupable Heinreich, qui n'aspirait à
recouvrer sa liberté que pour aller im-
plorer son pardon ; toutefois l'image de
Théodore, comme celle d'un ange consolateur, lui apparaissait souvent dans
ses songes, et ranimait son espérance.
Insensiblement le chagrin d'Heinreich
s'adoucit, son inquiétude se calma, et
il gagna, dans la solitude, plus qu'il
n'avait perdu dans le monde. Par une
espèce de miracle, il échappa au danger

de sa maladie et au désespoir de mourir
sans avoir revu ni embrassé son père.
Au bout de deux ans, une heureuse circonstance lui rendit sa liberté.

Le duc de Holstein-Beck, devant
qui il avait souvent chanté à Berlin,
passa dans la ville où le pauvre Heinreich languissait prisonnier. Heinreich
trouva moyen de lui faire parvenir la
relation de ses malheurs. Il avouait ses
premiers torts et peignait d'une manière
si touchante sa situation présente, que
la réponse à son mémoire fut l'acquitte-
ment des dettes pour lesquelles il était
renfermé.

La personne chargée de cette charitable commission avait reçu l'ordre de
lui procurer de plus grands secours s'il
était nécessaire, et de lui demander s'il
pourrait encore chanter en public; mais
ce négligent commissionnaire confia ce
soin à un autre qui s'en remit au geôlier;
et lorsqu'Heinreich fut mis en liberté, le
duc était parti sans être instruit et sans

lui laisser les ressources nécessaires pour satisfaire ses autres créanciers et pour subsister.

Le geôlier, touché de sa douleur, lui donna cinq ou six ducats qui lui avaient été remis pour l'usage de son prisonnier. Heinreich, pénétré de reconnaissance de ce secours, se hâta de se diriger vers le Danemarck. La maladie et les chagrins l'avaient rendu méconnaissable ; il put donc voyager en toute sécurité dans les lieux mêmes où ses traits étaient encore présents à la mémoire de tous. La fatigue, le besoin, la honte, ... le forcèrent de faire un nouveau retour sur sa vie passée ; inquiet, tourmenté, il tremblait de ne retrouver, au lieu du toit paternel, qu'une maison abandonnée par suite de sa mauvaise conduite.

Un vieux violon qui l'avait amusé quelquefois en prison, lui servit à se procurer, pendant sa route, la subsistance et un abri ; mais il avait entièrement perdu sa voix ; il soupirait, par fois, de regrets ; alors sa conscience lui disait que le ciel, en le privant de sa voix, le punissait de toutes les fautes qu'elle lui avait fait commettre.

A Keil, un misérable lui vola son violon, et depuis ce moment il fut obligé de vivre d'aumônes.

Exténué de fatigue, combattant contre la maladie et la faim, il atteignit enfin la vallée ! il y errait depuis quelques heures, avant que Dofrestom l'aperçût, désirant et redoutant tout à la fois les informations ; incertain si son père vivait, ... s'il voudrait le recevoir....., et n'osant le demander !

Durant le cours de cette narration, souvent interrompue, Dofrestom avait toujours tenu la main de son fils serrée dans les siennes, comme s'il eût craint de le perdre encore, tandis que Théodore, pleurant en silence, prodiguait les caresses à l'enfant.

Il aimait les enfants ; leur franchise, leur naïveté, leurs grâces naturelles, leur gaieté le charmaient : mais le sentiment que lui faisait éprouver celui-ci était entièrement nouveau pour lui ; le besoin, et le continuel spectacle des souffrances de son père avaient imprimés sur sa figure enfantine quelque chose du caractère particulier de l'âge mûr ; son teint sans fraîcheur, sa physionomie mélancolique, son regard morne touchaient et navraient l'âme. On pouvait cependant remarquer, malgré cette apparente tristesse, des dispositions naturelles à la gaieté et aux sentiments affectueux. Au milieu d'un élan de plaisir, s'il voyait la douleur se peindre sur les traits de son père, il courait vers lui et semblait vouloir le distraire, le soulager à force de caresses.

L'adversité a probablement mis dans son cœur le germe de la sensibilité et des vertus, pensait Théodore..... S'il en est ainsi, pauvre enfant, les malheurs de votre père attireront sur vous les bénédictions du Ciel ! Jamais Théodore

n'avait senti tant d'amitié pour Heinreich. Le repentir de ce jeune homme,
était si profond, ses souffrances si grandes,
ses soins pour son enfant si touchants!....
Comment se souvenir encore de ses
fautes?.... Comment le contempler sans
émotion?

Pendant le cours de son récit, Heinreich s'interrompait souvent et paraissait
accablé par la violence d'un mal intérieur. Sa toux violente et presque continuelle, déchirait le cœur de son père et
celui de Théodore. Il prenait alors leurs
mains, les joignait ensemble avec un
sourire si gracieux, et un regard si
tendre et si animé, que des yeux moins
intéressés auraient pu s'y méprendre et
n'y voir que des signes de santé et
d'espérance. Mais Théodore s'aperçut
qu'Heinreich était consumé par une
fièvre brûlante qui s'annonçait par les
plus fâcheux symptômes ; l'enfant paraissait accablé de fatigues ; le repos
devenait indispensable pour l'un et pour

l'autre : Théodore donna des ordres nécessaires à Magdalen.

Après un léger repas, il les conduisit dans la chambre qui leur était destinée, et promit d'occuper un lit auprès d'Heinreich.

Au moment où il revint dans le parloir où il avait laissé Dofrestom, il le trouva à genoux, les mains jointes, adressant au Ciel une fervente prière.

Théodore demeurait indécis sur le seuil de la porte ; Dofrestom l'aperçut et lui fit signe d'avancer. Théodore ? lui dit-il, en lui tendant la main ; je remerciais Dieu de la grâce qu'il m'a faite aujourd'hui, et je me préparais au coup qui doit la suivre ;... Mon fils m'est rendu :.......... mais, hélas ! je ne le conserverai pas long-temps!

A ces derniers mots, prononcés d'une voix étouffée, le bon vieillard fondit en larmes et laissa tomber sa tête sur l'épaule de Théodore, pour cacher l'excès de sa douleur. Théodore pressa tendre-

ment le malheureux père sur son sein
et ne répondit que par un soupir. Leur
silence mutuel fut long , car Théodore
ne voulait ni donner une espérance
vaine, ni laisser connaître qu'il parta-
geait toutes les craintes de Dofrestom ;
à la fin le vieillard releva doucement
la tête. — Vous ne me verrez plus si
peu maître de moi, Théodore, lui dit il;
je suis trop reconnoissant des bienfaits
de la Providence. J'ai revu mon fils , je
l'ai revu repentant : je saurai supporter
sa perte en bon chrétien. Grâce au Ciel,
je touche moi-même au terme de ma
carrière, et nous nous rejoindrons bientôt pour toujours! Hélas ! si Dieu, irrité
de sa conduite, l'avait frappé sans lui
laisser le temps d'expier ses fautes,
peut-être étions-nous séparés pour l'é-
ternité !

Si nous devons perdre notre cher
Heinreich , reprit Théodore, son fils
nous restera. Ces derniers mots furent
si faiblement articulés, que le cœur de

5.

Dofrestom les devina, plutôt qu'il ne les entendit.

Après un moment de silence, il parla de la maladie de son fils, dont malheureusement il connaissait trop bien les symptômes funestes ; c'était ainsi qu'il avait perdu une épouse chérie. Malgré sa douleur, cet excellent homme, toujours occupé de ceux qu'il aimait, témoigna l'inquiétude qu'une si grande surprise ne devînt fatale à Catherine.

Théodore promit d'aller la chercher le lendemain matin et de la ramener. Dofrestom lui recommanda de la préparer à l'extrême changement d'Heinreich, et au triste événement qu'il prévoyait. Ils s'entretinrent ensuite des moyens d'adoucir les peines d'Heinreich, en assurant pour l'avenir un sort à son enfant, et en fortifiant les pieux sentiments qui rendaient la paix à son âme.

Le temps et l'habitude de regarder Heinreich comme perdu pour eux n'affaiblit point la douleur de Catherine ;

mais résignée comme Dofrestom, elle
se soumit à la volonté du Ciel. Heinreich
était maintenant le centre des soins et
des affections du petit cercle de famille;
chacun semblait avoir oublié ses erreurs,
et quoique lui-même ne les oubliât pas,
le bonheur de se retrouver au milieu de
ses amis lui rendait quelquefois un éclair
de son ancienne gaieté.

Parmi les personnes qui se réjouissaient du retour d'Heinreich, aucune
ne témoignait une joie plus sincère que
Magdalen : mais présumant que chaque
service qu'elle lui rendrait serait pour
lui autant de coups de poignard, elle
lui laissa noblement penser qu'elle était
moins empressée que les autres. Ce qui
pouvait se faire sans qu'il le sût, pour
lui ou pour son enfant, elle ne manquait
jamais de s'en acquitter la première;
mais elle avait la force de surmonter son
inclination naturelle, en laissait Catherine rendre au pauvre malade tous les
services personnels. Le bon Eric se char-

geait de suppléer sa femme, dont Heinreich connut cependant peu à peu les
soins modestes et généreux. Il ne dit
rien quoiqu'il fût pénétré de reconnaissance, et le contraste de sa généreuse
conduite avec celle de la femme pour
qui il l'avait abandonnée, ajouta les regrets au repentir.

Magdalen, lui dit-il un jour, si je
pouvais espérer que mon pauvre enfant
puisse devenir le mari de votre petite
Catherine, et qu'ils vivent ici quand
nous n'y serons plus, je mourrais heureux ; voudriez-vous qu'elle épousât
mon fils? — Je l'aime déja comme s'il
était mon propre enfant, dit vivement
Magdalen, et si la Providence le per-
met, tout s'arrangera selon vos désirs.
La jeune épouse s'abandonnait sans rougir à l'affection qu'elle éprouvait pour
Heinreich. Son cœur était pour elle,
elle ne voyait plus en lui qu'un ami
souffrant, repentant; elle lui tendit la
main avec confiance. Une larme s'é-

chappa des yeux d'Heinreich : mais cette
larme n'indiquait d'autre sentiment
qu'une tendre reconnaissance pour une
femme respectable et généreuse, et le
regret de ne pas vivre assez pour être
témoin de l'union de leurs enfants.

Eric entra dans ce moment ; on lui dit
ce qui venait de se passer ; il y donna son
consentement avec joie.

Dofresiom raconta à son fils l'histoire
de Théodore. Heinreich se réjouit d'une
si brillante perspective pour un ami dont
il appréciait maintenant tout le mérite :
mais l'expérience lui ayant appris à ne
pas désirer pour son fils un genre de vie
qui pût troubler son repos, il pria secrètement Théodore de l'élever dans la sim-
plicité , et de ne lui donner que les
connaissances convenables à sa modeste
fortune.

Théodore renonça sur-le-champ à
ses projets de départ, pour remplir les
derniers devoirs auprès du compagnon
de son enfance ; et pour offrir à Do-

fresiom et à Catherine toutes les consolations que sa présence pouvait leur
procurer. Il n'osait donner cette raison :
mais tous la devinèrent ; et pas un ne
voulut permettre qu'il fît un sacrifice
qui ne paraissait même plus nécessaire.

Dans le fait, trois ou quatre jours de
bonheur et de tendres soins produisi-
rent un si grand changement dans l'état
d'Heinreich, que son père, sans oser
compter sur sa guérison, se flattait au
moins que la Providence voulait reculer
le fatal moment.

Combien il fallut de raisonnement et
d'instance pour déterminer Théodore !
A la fin il céda ; et, pour la troisième
fois, il quitta la vallée d'Aardal.

Pourquoi nous appesantirions - nous
sur le moment des adieux ! Il fut triste
et solennel pour tous. Celui qui s'éloignait allait devenir membre d'une autre
famille ; quelques mois allaient décider
du sort de sa vie entière, et ceux qui
restaient craignaient de ne pas vivre

assez pour apprendre ses succès ou pour
le secourir si son attente était trompée.
Mais chacun d'eux trouvait quelque motif particulier de consolation ; Théodore
remerciait la Providence d'avoir permis
le retour d'Heinreich avant son départ ;
il laissait maintenant son père adoptif
sans inquiétude pour sa fortune et sans
crainte sur le sort de son fils. Dofrestom
et Catherine se réjouissaient de la ré-
forme d'Heinreich, et concevaient des
espérances. Heinreich lui-même ne demandait pas que sa vie fût prolongée,
puisqu'il lui était accordé de laisser son
enfant dans les mains de si tendres et si
sages amis.

Long-temps après que Théodore eût
quitté la chaumière, il lui semblait encore voir les larmes de Catherine, entendre les soupirs étouffés de Dofrestom,
sentir le baiser du petit enfant, et la
main froide et humide d'Heinreich pres-
ser la sienne. Quand il se rappelait Heinreich dans la fleur de la jeunesse, et

qu'il le comparait à ce qu'il était maintenant, mourant, humilié, et cependant
satisfait, il adorait la puissance et la
bonté de cet être bienfaisant qui fait
trouver des consolations au sein même
du malheur et des souffrances.

Cette réflexion de Théodore sur les
fautes de son compagnon d'enfance le
conduisit à faire un retour sur lui-même.
Il examina tous les événements de sa
vie passée, et scruta rigoureusement
toutes ses actions. Le résultat de cet examen fut le mécontentement de sa conscience. Quoiqu'il ne pût trouver ses
intentions coupables, il ne put entièrement absoudre sa conduite. Durant son
séjour auprès du comte de Lauvenheilm,
il s'était plus souvent laissé guider par
l'inclination que par la saine morale;
cependant il croyait alors agir avec
droiture; son cœur corrompait son ju-
gement : mais il reconnaissait maintenant son erreur et la déplorait sincèrement.

Du moment qu'il s'aperçut de son amour pour la fille de son bienfaiteur, il fallait sur-le-champ fuir le danger; il fallait vaincre une réserve qui devenait coupable, avouer au comte son amour et le motif de son départ. Par cette conduite, à cette époque, il perdait, il est vrai, Ellésif beaucoup plus tôt : mais il emportait le respect et les regrets de son père; il conservait lui-même son estime et son amitié pour son bienfaiteur; et s'il obtenait ensuite le rang et la fortune auxquels il pouvait prétendre, il avait le droit de demander la main d'Ellésif sans craindre un refus de sa famille. Au lieu de cela, tout espoir et toute consolation lui étaient refusés.

Il avait courageusement tenu à sa résolution de cacher son attachement à celle qui en était l'objet, c'est-à-dire de ne pas lui en faire l'aveu; mais ses regards, mais ses actions ne décélaient-ils pas ses sentiments? Ellésif pouvait-

elle s'y méprendre un moment, et n'était-
il pas mille fois plus dangereux pour elle
de remarquer en même temps son amour
et ses nobles combats pour le vaincre ?
De cette manière, il avait séduit Ellésif,
bien certainement sans en avoir eu l'intention ; cependant, il avait dévié de la
stricte ligne du devoir. Peut-être cette
première faute avait-elle fait présumer
au comte qu'il en pourrait commettre
une plus grande ; et Théodore rappor-
tait son dernier malheur à son premier
tort. La perspective d'un sort brillant
pouvait à peine le rendre heureux, car
le comte de Lauvenheilm ne voudrait
jamais rapprocher de lui la personne
qui savait son secret, et Ellésif ne donnerait jamais sa main sans le consentement de son père.

En faisant ces réflexions, le pauvre
Théodore sentait plus vivement encore
ses malheurs. Il en est toujours ainsi ;
quand on s'écarte de la vérité et de l'in-

tégrité, on n'obtient qu'un demi-succès ;
le bonheur réel est constamment pour
la vertu.

Théodore s'affligeait encore plus de
ses torts que de leurs conséquences ; et
regardant ses malheurs comme une juste
punition, il s'imposa la loi de n'en pas
murmurer.

Ce fut dans cette disposition d'âme
qu'il continua son voyage. A Bergen, il
s'embarqua sur un vaisseau qui faisait
voile pour la France. Après une tra-
versée longue et difficile, il arriva sur
les confins d'un royaume où son sort
allait se décider. Étonné et mécontent
de sa triste indifférence, il essaya de ra-
nimer son âme abattue, par la douce
pensée de sa sœur, par l'espoir de la voir
heureuse avec son ami le chevalier de
Roye, et par la certitude que s'il pos-
sédait une grande fortune, ce serait pour
répandre des bienfaits. Mais comme nos
meilleures intentions sont toujours mê-
lées d'un peu de faiblesse, il aimait à

penser que lorsqu'Ellésif l'aurait entiè-
ment oublié, quelque événement le ferait revivre dans la mémoire de l'ingrate
et lui apprendrait quel cœur elle avait
perdu.

Par économie, il avait laissé en Norvège tout ce qui lui appartenait, et
n'avait pris que ce qui lui était absolument
nécessaire pour son voyage. Son trésor
consistait en un petit sac d'argent, et la
cassette dépositaire des preuves de sa
naissance et des petits présens d'Ellésif
qu'il conservait précieusement. Il portait toujours ce coffre sur lui, bien déterminé à ne le perdre qu'avec la vie.

Les informations qu'il reçut sur les
côtes de France dirigèrent ses pas en
Espagne. Il traversa le Béarn, le Roussillon, franchit les Pyrénées, et entra en
Catalogne.

La campagne avait été fertile en événements. L'archiduc, après avoir passé
l'Ebre, s'était avancé vers Sarragosse,
chassant les faibles troupes de Philippe

de tous les postes entre cette ville et Madrid. Vers la fin d'août, Philippe, forcé d'abandonner sa capitale, s'était retiré à Valladolid, tandis que Charles entrait triomphant a Madrid. Ce prince y resta trois jours pour s'y faire solennellement proclamer, se mit à la poursuite de Philippe, et marcha sur Valladolid. A cette nouvelle, la cour quitta cette ville pour habiter Vittoria, et la jeune reine chercha un asile dans une ville frontière. Dans ce moment, tout semblait perdu, excepté le courage du roi et l'attachement de son peuple. Un malheureux reste de vieillards, de femmes, d'enfants avaient attendu l'entrée de Charles dans sa capitale : mais tous les habitants en état de porter les armes avaient suivi leur monarque. Philippe, devenu plus cher à ce peuple par sa noble résistance aux volontés de Louis XIV, et son attachement sincère à l'Espagne, était devenu le roi de son choix ; et les forces nombreuses de

Charles, augmentées par les secours de l'Angleterre et du Portugal, pouvaient seules triompher de la résolution générale de se soustraire au joug Autrichien.

Quoique la cour de France engageât Philippe à se désister, et parût vouloir l'abandonner, ce prince persista dans la ferme détermination de périr s'il le fallait, mais fidèle à son peuple. La reine, animée par le courage de son époux, lui proposa de passer avec lui dans leurs possessions du Nouveau-Monde, plutôt que de céder lâchement leurs droits. Excitée par tant d'héroïsme, la France consentit enfin à donner des renforts et deux de ses meilleurs généraux. Vendôme et Noailles furent envoyés pour contrebalancer Staremberg et Stanhope.

La réputation militaire de Vendôme poussa les braves Espagnols à de nouveaux exploits; la première noblesse des provinces arma, organisa les paysans, et porta tous ses revenus au trésor public. Parmi les plus zélés, le comte de Ron-

cezvalles se faisait remarquer par sa li-
béralité et son activité.

Vendôme ainsi renforcé, et parfaitement secondé par les divers corps de
partisans, s'avança rapidement par Sa-
lamanque et Placentia jusqu'au pont
d'Almarez, et parvint ainsi à empêcher
la jonction des alliés et des Portugais.
En même temps, Noailles débouchait
par le Roussillon sur la Catalogne, an-
nonçant ouvertement le projet d'attaquer Gironne. Le prince Charles craignit pour son épouse qu'il avait laissée
à Barcelonne. Il quitta précipitamment
Madrid et passa en Arragon. Philippe,
profitant de l'occasion, marcha en avant.

Lorsque Théodore apprit tous ces détails d'un contrebandier français, le
petit-fils de Louis XIV entrait encore
une fois triomphant dans sa capitale.

Incertain du sort de son ami Gaston,
craignant que, dans cette terrible campagne, il n'eût perdu la vie ou la liberté,
Théodore ne savait trop comment se

conduire. S'il se rendait près de la cour
d'Autriche à Barcelonne, cette démarche pouvait être inutile, et nuirait peut-
être à ses projets à Madrid. Cependant,
placé comme il l'était, étranger à tout,
excepté au bonheur de son pays dont il
ignorait les véritables intérêts, quel parti
devait-il embrasser ? Aucun dans ce
moment : tous ses soins devaient tendre
à chercher sa famille.

S'il avait encore possédé l'amitié du
comte de Lauvenheilm, il aurait abandonné l'idée d'entrer dans le camp rival, et il aurait cherché sur-le-champ
la protection de Philippe par l'inter-
médiaire de la princesse des Ursins ;
mais la délicatesse et un juste orgueil
l'emportèrent sur toute autre considération. Il se détermina donc à se rendre
auprès de Gaston, dont il espérait tirer
les instructions nécessaires pour se présenter à son aïeul. Satisfait de cette résolution, apprenant qu'un corps d'Autrichiens et de troupes anglaises était

dans le voisinage, il s'avança rapidement vers Urgel, où il espérait apprendre des nouvelles du chevalier, peut-être même le rencontrer.

En entrant dans la Catalogne, il trouva les troupes autrichiennes dans le plus grand désordre. Barcelonne, Tarragone étaient menacées par les Français, et Vendôme, avec toutes les forces d'Espagne, poursuivait vivement l'armée vaincue du prince Charles. La bataille de Villaviciosa venait de décider du sort de cette guerre, et la défaite des troupes britanniques commandées par Stanhope à Brihuega, avait anéanti l'espoir et les dernières ressources de l'archiduc.

Gaston de Roye devait avoir péri ou être fait prisonnier. Il commandait un régiment dans l'armée du général Stanhope, et Théodore n'osait espérer qu'un miracle eût sauvé son ami dans ces jours désastreux. Jusqu'à ce moment, il ne connaissait pas l'étendue de son attachement pour Gaston; dès l'instant qu'il

3. 6

eut de justes raisons de craindre sa mort,
l'image si chère d'Ellésif s'évanouit ; il
ne s'occupa plus que de son ami. Le
chevalier, léger, étourdi, mais bon par
caractère et sans aucune prétention,
augmentait de valeur aux yeux de Théodore, si cruellement trompé par les plus
séduisantes apparences ; et son cœur se
reposait sur ce généreux ami avec une
sécurité que ne pouvait lui inspirer une
nouvelle connaissance.

Des craintes pour sa propre sûreté le
forcèrent bientôt de moins penser à ce
triste sujet. En essayant d'atteindre un
poste autrichien, il tomba dans un parti
de miquelets espagnols qui, profitant
de l'état de trouble du pays, attaquaient
deux voyageurs sans armes avec le des-
sein de les dépouiller. A leurs premiers
cris, Théodore et son guide volèrent à
leur secours. Le guide avait des pistolets,
et Théodore un coutelas avec lequel il
fit tomber l'arquebuse des mains de l'as-
saillant avant qu'il eût eu le temps de

l'ajuster : mais en jetant son manteau pour agir plus librement, il découvrit à ceux qui l'entouraient, la précieuse cassette attachée autour de son corps avec une ceinture de cuir. Dans ce moment, les combattants furent entourés par un petit détachement de cavalerie espagnole : un d'eux se penchant sur son cheval, coupa avec dextérité le ceinturon, et sautant à terre, saisit le petit coffre.

Théodore ne vit pas plutôt son trésor dans les mains du soldat, qu'il appela le commandant, lui dit qu'il se nommait Guévara, et le conjura de lui faire restituer sur-le-champ cette cassette qui ne contenait autre chose que des papiers de famille. L'officier s'en empara, mais refusa de la rendre, sous prétexte qu'ayant trouvé Théodore aux prises avec un soldat de Philippe, il devait s'assurer de sa personne, et vérifier ce qu'il avançait.

Toute résistance devenait inutile. Si

le coffre restait entre leurs mains, que
lui importait sa liberté? Il se rendit
donc, et l'officier interrogea les étrangers. En examinant leurs papiers et leurs
passe-ports, il reconnut que c'étaient de
paisibles voyageurs allant à leurs affaires,
et il les fit relâcher. Mais Théodore
n'avait point de passe-port; et comme
il avoua qu'il allait dans une ville où
séjournaient naguère les alliés, il fut
retenu, et envoyé en prison.

Quelles tristes et pénibles réflexions
tourmentèrent l'infortuné Théodore
quand il se vit privé de sa liberté et de
tout moyen de faire changer son sort!
Son coffre, ce précieux dépositaire de tout
ce qu'il aimait, de tout ce qui l'attachait
à la vie, lui était enlevé. Ni prières, ni
remontrances, ni toute la véhémence de
son désespoir, ne purent obtenir qu'on
le lui rendît. Ce fut en vain qu'au retour
de l'officier il continua d'attester sa
parenté avec la puissante maison de Roncezvalles; ce fut en vain qu'il proposa

d'examiner le contenu de la cassette pour confirmer la vérité de son assertion ; l'officier subalterne persista à le regarder comme un espion, et peut-être doit-on excuser ses soupçons ; puisque Théodore avait avoué, dans le premier moment, qu'il allait au camp ennemi.

Quel est le commandant de la ville ? demanda Théodore ; conduisez-moi devant lui : je suis prêt à m'exposer à tout : mais, au nom du ciel, ne me séparez pas de cette cassette qui contient tout ce qu'il y a pour moi de plus précieux dans le monde !

Nous ne sommes point des voleurs, monsieur, reprit l'officier en colère ; quand votre cassette contiendrait les richesses de l'Inde, elle serait en sûreté dans les mains d'un Espagnol : mais malheur à vous si l'on découvre quelque preuve de trahison ; vous subirez la mort.

Je n'attaque la probité de personne, monsieur, reprit Théodore avec sa patience ordinaire : mais je crains la perte

de papiers d'où dépend le sort de toute
ma vie. Je vous en conjure, monsieur,
par la même raison que vous vous indi-
gnez d'un soupçon qui vous dégrade,
respectez mon désir de me justifier, et
fournissez-m'en les moyens. Je suis disposé à dire tout ce qui me concerne à
la personne qui sera investie d'une au-
torité légale, et prêt à attendre le résultat de ses perquisitions.

« Nous verrons cela, monsieur, » fut
la seule réponse du sévère lieutenant,
qui disparut l'instant d'après avec la cassette.

Théodore marchait à grands pas dans
une longue pièce sans meubles, pavée
de pierres, et sans paille pour la réchauf-
fer, quoique l'on fût au mois de décem-
bre. Les autres prisonniers s'étaient di-
visés en groupes, et chaque groupe avait
au milieu son orateur.

Théodore, seul, se tenait à l'écart,
se soumettant à son sort avec une dignité
calme, mais cependant fort inquiet sur

l'événement. Si ses papiers ne lui étaient
pas rendus, comment se présenter à ses
parents? N'aurait-on pas le droit de le
traiter comme un aventurier? Que devenaient ses espérances de bonheur? Il
faudrait donc perdre le doux espoir de
s'acquitter un jour avec l'enfant d'Heinreich de toutes les obligations qu'il avait
à son grand-père? Il faudrait recommencer une nouvelle vie, ou retourner
en Norvège se vouer à l'obscurité?

Recommencer une nouvelle vie!
Théodore, malgré toute sa philosophie,
ne s'en sentait pas le courage. Il s'arrêta
au milieu de sa marche agitée, et sou-
pira si profondément, qu'il attira l'attention générale. Il s'en aperçut, et se remit à marcher à grands pas pour éviter
les questions. Mais un des prisonniers s'a-
vança vers lui d'un air d'intérêt et lui demanda poliment la cause de sa captivité.

Il y avait quelque chose de si préve-
nant dans sa physionomie que, Théodore
entraîné lui répondit franchement : Mon

malheur tient aux circonstances actuelles. Arrivé au moment même en Espagne pour chercher le comte de Roncezvalles, j'ai eu l'imprudence de vouloir connaître le sort d'un ami intime qui sert dans l'armée anglaise ; on m'a arrêté comme espion.

Si vous avez été pillé, monsieur, reprit l'Espagnol, j'ai heureusement conservé ma bourse : elle est à votre service.

Théodore, touché jusqu'au fond de l'âme de cette bonté désintéressée, répondit avec émotion : Je suis reconnaissant de votre offre gracieuse, monsieur ; mais vous ne pouvez me rendre ce qui m'a été enlevé. Tout est perdu pour moi, si je perds la cassette qui renferme mon trésor : peu m'importe même de conserver la vie !

La tristesse qui se répandit sur tous les traits de Théodore intéressa l'étranger qui s'écria avec feu : Tout ce que vous possédiez, monsieur, vous a été volé ? En vérité, je rougis de mes compatriotes : mais faites-moi la grâce de me décrire la cassette, et dites-moi la somme qu'elle renfermait ; je pourrai vous aider à la retrouver, car je serai libre dans quelques heures : je n'ai rien à craindre pour moi. — Mon trésor ne consiste point en argent, monsieur, reprit Théodore avec la même tristesse. Les objets que je regrette sont quelques souvenirs d'amis dont je suis éternellement séparé, et des papiers avec lesquels j'espère prouver mes droits sur un noble héritage en Navarre. — En Navarre ? répéta l'Espagnol avec vivacité ;... Vous dites que vous cherchez le comte de Roncezvalles ?.... Sûrement... mais non ;... Oserai-je vous demander votre nom ? — Théodore Guévara. — Santa Maria !... Et l'ami que vous cherchez près du général Stanhope, quel est-il ? —Le chevalier de Roye, répondit Théodore qui concevait une sorte d'espérance, d'après les manières de l'étranger.

6.

A peine eut-il prononcé ce nom qu'il se sentit vivement embrassé par sa nouvelle connaissance.—Pardonnez ma joie, monsieur, s'écria le vif étranger; je suis transporté de trouver l'occasion de rendre à une personne aimée si tendrement du chevalier tous les bons offices que j'ai reçus de lui. Le nom de don Julian Casilio ne vous est peut-être pas inconnu?

Dans tous les temps, une personne qui aurait simplement vu Gaston, aurait été cordialement accueillie par Théodore; qu'on juge de sa satisfaction en rencontrant un de ses amis particuliers, et de son empressement à demander des détails sur Gaston!

—Il est prisonnier en Castille, continua don Julian, et je devrais dire que j'en suis fâché : mais, outre que je suis charmé de le savoir à l'abri du danger, je suis assez égoïste pour ne pas le plaindre d'une captivité que je serai bientôt en état d'adoucir.

—Je ne comprends pas pourquoi vous
êtes ici, monsieur, dit Théodore, en
regardant autour de la prison; tous ceux
que je vois là sont faits prisonniers par
votre parti, et vous?.....—Je suis prisonnier aussi, répondit Julian avec vivacité. Par les soins du chevalier, j'ai obtenu la permission de revenir librement
en Catalogne sur ma parole. L'escorte
avec laquelle je voyageais a été surprise
par un détachement de nos partisans;
j'ai été pris avec tout le reste, et amené
ici il n'y a pas deux heures; personne
ne m'a reconnu, et ni mon témoignage,
ni celui des Autrichiens, n'a pu persuader au commandant que j'étais réellement don Julian Casilio. Il a regardé
notre assertion comme un piége pour
l'engager à me relâcher, et m'a renfermé ici jusqu'à ce qu'il vienne quelqu'un de la garnison voisine certifier qui
je suis.

Le plaisir se peignait dans les yeux
expressifs de Théodore. Rencontrer que!-

qu'un qui non-seulement pouvait lui
donner des nouvelles de Gaston, mais
aussi de sa famille, et l'aider à recouvrer son précieux trésor, lui paraissait
un bienfait de la Providence. Il exprima ses sentiments avec cet intéressant mélange de vérité et de délicate
réserve qui lui était particulier, et il se
pressa d'interroger don Julian sur ses
parents.

Don Julian ne put ajouter beaucoup
de détails à ceux qu'il avait déjà donnés
à Gaston, car sa captivité en Catalogne
s'était opposée à sa correspondance avec
ses amis. Cependant, il assura Théodore que le comte de Roncezvalles vivait; qu'il avait ouvert la campagne
avec son petit-fils; mais que ce dernier,
par suite de sa liaison avec la marquise
de Santa-Clara, avait honteusement
abandonné la cause de Philippe, sans
se déclarer toutefois pour les alliés.

D'après cette espèce de neutralité
entre les deux partis, on avait présumé

que don Jasper ne tarderait pas à passer
dans le camp de l'archiduc. Cependant,
comme ce prince perdait chaque jour
de ses avantages, bien des personnes
pensaient avec raison que don Jasper ne
s'exposerait pas au danger de perdre son
rang et sa fortune.

Don Julian peignit la mauvaise tête,
l'égoïsme, le libertinage de don Jasper
avec une telle force, qu'il diminua la
répugnance qu'éprouvait le généreux
Théodore à le dépouiller d'une fortune
dont il abusait si honteusement. Il se réjouissait de n'avoir pas fait valoir ses
droits auparavant : car maintenant il
devait espérer beaucoup de l'indignation
de son grand-père, qui, dans un autre
temps, ne l'aurait accueilli et reconnu
qu'avec difficulté, et peut-être avec
chagrin.

La réputation de la marquise Santa-
Clara paraissait justifier le mécontentement du comte de Roncezvalles. Elle
était Allemande. Son mari, attaché au

parti de Philippe, était mort en le défendant, et la marquise n'avait pas rougi de faire valoir ses services pour obtenir la protection de Philippe, tandis qu'elle intriguait sourdement contre ce prince en faveur de l'archiduc.

Dans l'espoir d'alarmer don Jasper et de le ramener à son devoir, le comte de Roncezvalles avait invité sa petite-fille à sortir de sa retraite d'Aragon; et Théodore apprit avec une extrême joie que sa sœur était maintenant pour la première fois auprès de son grand-père à Sarragosse, où la cour résidait en ce moment.

Que de questions fit Théodore sur sa sœur! mais don Julian ne l'avait jamais vue; il savait seulement qu'elle était fort belle.

Cette marque d'amitié du comte pour sa petite-fille remplissait d'espoir le cœur de Théodore, qui ne croyait plus avoir à éprouver d'obstacles, du moins de la part de son aïeul. Hélas! retrou-

verait-il ses précieux papiers? reverrait-
il encore ces souvenirs chéris, gage de
l'amitié.... peut-être même d'un sentiment plus tendre, donnés par Ellésif,
gages sacrés qu'il avait souvent portés sur
son cœur !

Théodore ne pouvait cacher à son
compagnon son extrême inquiétude. Il
avait beau n'en pas parler, ses yeux
exprimaient les tourments de son cœur,
et ses profonds soupirs excitaient toute
la pitié de don Julian.

La crainte d'être reconnu trop tard
pour faire rendre à Théodore ses pro-
priétes, mit en évidence l'impétueux
caractère de don Julian. Ses exclamations d'impatience, l'inquiétude avec
laquelle il écoutait la voix ou les pas de
ceux qui approchaient de la pièce où ils
étaient, auraient fait supposer qu'il
était la personne la plus intéressée. Les
autres prisonniers ayant entendu ce qu'il
disait à Théodore, l'entourèrent pour
lui expliquer la cause de leur captivité

et lui demander son appui; don Julian
leur promit à tous ses bons offices.

Le jour finissait : un garde ouvrit la
porte, regarda autour de la chambre
comme s'il comptait les prisonniers;
mais personne ne vint ni pour demander
Théodore, ni pour reconnaître don
Julian. Le premier, triste, mais calme,
semblait résigné à son sort. Il s'étonnait
de l'inutile colère de son compagnon
qui extravaguait, et d'une voix de ton-
nerre menaçait de sa vengeance tous
ceux qui l'empêchaient si long-temps
de servir son ami Gaston. Malgré la
violence de son emportement, il n'y
avait rien de choquant dans ses expressions, à travers lesquelles perçait le noble
désir de secourir le malheur. Insouciant
sur ce qui lui était personnel, il ne
paraissait jaloux de recouvrer sa liberté
que pour servir les autres, et Théodore
aurait parié sa vie qu'une fois libre,
don Julian oublierait tout, excepté ses
promesses.

La nuit ils s'enveloppèrent de leurs manteaux, et se couchèrent sur la pierre. Théodore ne comptait pas dormir ; mais il espérait que son bouillant compagnon se calmerait et le laisserait réfléchir tout à son aise. S'il n'arrivait point de nouvelles dans la matinée, il était décidé à faire une tentative auprès du geôlier pour le déterminer à porter une lettre de sa part au commandant.

Ses méditations étaient perpétuellement interrompues par don Julian, qui lui demandait s'il dormait, et se levait subitement, disant qu'il éprouvait l'invincible besoin d'exhaler sa colère. Théodore ne pouvait s'empêcher de sourire ; et don Julian avouait qu'il était honteux de lui-même.

Je connaissais déjà votre inaltérable douceur, disait-il à Théodore. Votre ami Gaston ne m'a jamais vu en colère sans me faire votre portrait : mais, sur mon âme,.... mon cœur est meilleur que mon caractère..... — Votre colère n'est point un tort en ce moment, répondit Théodore en souriant ; elle est entièrement inutile, et voilà le seul raisonnement à faire contre elle.

Le jour avait fini depuis quelques heures lorsqu'il s'exprimait ainsi, et les pas de plusieurs personnes qui approchaient empêchèrent don Julian de répondre. La porte s'ouvrit : c'était le commandant lui - même, accompagné par les gens de sa suite et un officier supérieur.

A l'instant don Julian fut reconnu par ce dernier ; Julian se plaignit hautement d'avoir été détenu si long-temps ; et le commandant se confondit en excuses. — Eh bien, monsieur ! dit Julian avec hauteur, j'oublie ce qui me regarde ;.... mais monsieur que voici (en montrant Théodore) n'a pas été mieux traité que moi, et si ses effets ne sont pas retrouvés sur-le-champ, je croirai de mon devoir de vous faire ôter votre place. Qu'avez-vous fait d'une cassette d'ivoire prise sur

lui ? Pourquoi n'a-t-il pas été appelé
comme témoin lorsqu'on l'a ouverte?
Vous deviez, monsieur, ne l'examiner
qu'en sa présence ; et, après avoir ac-
quis la certitude qu'il n'est point espion,
lui permettre de se rendre auprès du
comte de Roncezvalles. Je jure que, s'il
manque la moindre chose à ses papiers,
je porterai plainte moi-même à Sa Ma-
jesté.

Non, non, s'écria Théodore, inter-
rompant avec douceur son impétueux
défenseur, ne supposez pas qu'il soit
arrivé aucun accident à mes papiers ;
monsieur s'est conduit conformément à
l'idée qu'il a de ses droits : on ne saurait
prendre trop de précautions dans un
moment comme celui-ci.

Aussitôt le commandant, rassuré par
la douceur de Théodore, répondit
que, ne se croyant pas autorisé à
examiner la cassette trouvée sur un espion supposé, il l'avait envoyée au
comte d'Aguilar, commandant en chef.

A ces mots, don Julian, outré, manifesta sans ménagement sa désapprobation et son impatience : mais enfin, calmé par les instances réitérées de Théodore, il exigea du commandant, comme preuve de ses regrets, qu'il lui permît d'emmener avec lui Théodore, dont il répondait sur sa parole.

Le commandant y consentit avec empressement, et un moment après, Théodore et son nouvel ami étaient sur la route du quartier-général.

CHAPITRE IV.

THÉODORE admirait la téméraire générosité de don Julian, qui plaidait ainsi
pour un étranger. Il s'était exposé à des
désagréments, et peut-être même à des
soupçons pour l'avenir; car rien ne
prouvait enfin que Théodore était réellement l'ami de Gaston de Roye. A la
vérité, la manière dont ils avaient fait
connaissance éloignait la crainte de toute
supercherie; cependant cette supercherie était possible; et Théodore, si souvent dupe de son bon cœur, se sentait
pénétré de la vive bienveillance et de la
confiance de don Julian.

A peine montés à cheval, don Julian
perdit sa mauvaise humeur et son ressentiment. La certitude de pouvoir agir

pour son nouvel ami lui rendit sa gaieté;
et le son de sa voix, l'expression de sa
figure étaient si différents, que Théodore eut peine à croire que ce fût la
même personne.

Don Julian le rassurait sur le sort de
ses papiers, lui vantait les bonnes qualités du comte d'Aguilar, dissipait toutes
ses craintes, et, tout en piquant sans
relâche son pauvre coursier, trouvait
mille agréables sujets de conversation.
Théodore, ranimé par l'espoir de retrouver son trésor, pénétré de reconnaissance envers la Providence, charmé
des manières de don Julian, s'abandonnait depuis un moment aux plus douces
illusions...... L'image d'Ellésif vint s'offrir à son imagination; et il éprouva
presque un remords de goûter quelque
plaisir quand, pour jamais peut-être, il
s'en trouvait séparé. Mais ce plaisir assurément n'était pas une trahison à son
amour, car l'espoir qui ranimait son
âme n'avait d'autre but qu'Ellésif.

La manière dont Julian fut reçu au quartier-général attestait la réputation dont il jouissait parmi ses frères d'armes. Le comte d'Aguilar avait reçu et examiné la cassette de Théodore ; il allait la renvoyer au commandant, avec ordre de la rendre au propriétaire, et de le mettre en liberté, lorsque Théodore lui fut présenté.

Le comte d'Aguilar avait beaucoup connu don Balthazar. Frappé de l'extrême ressemblance de Théodore avec son père, il accompagna cette observation de si pompeux éloges sur le caractère de Balthazar, que les yeux du fils brillèrent de plaisir.

Malgré la bonne réception du général, nos voyageurs, pressés d'arriver à leur destination, prirent promptement congé, et s'acheminèrent vers Sarragosse, où ils devaient trouver le comte de Roncezvalles, suivant les informations du comte d'Aguilar.

Durant leur voyage, don Julian eut

souvent lieu d'observer que si la douceur
de son compagnon était inaltérable, son
cœur renfermait des peines secrètes. Si
Théodore eût suivi son penchant naturel, il aurait probablement gardé le
silence sur ses craintes, ses regrets, ses
malheurs ; il aurait cherché seul les
moyens de parvenir auprès de son grand-
père : mais il sentait que la franchise et
la confiance étaient dues à l'homme qui
avait pris un si vif intérêt à lui sans le
connaître ; en conséquence, il fit part à
don Julian de tous ses projets.

Après avoir arrangé leurs plans, il
fut décidé que don Julian, usant d'une
liberté que lui donnait une intime connaissance avec le comte de Roncezvalles,
lui présenterait Théodore sans le prévenir.

Quelque peu disposé que fût le comte
à regarder ce jeune homme comme le
fils de don Balthazar, don Julian comptait beaucoup sur l'entrevue du vieillard
et de Théodore, dont la contenance, la

noble figure, le regard expressif et les discours gagnaient promptement les cœurs et commandaient l'intérêt.

Les voyageurs ne furent pas plus tôt arrivés à Sarragosse, que don Julian quitta Théodore pour lui laisser le temps de calmer son âme agitée. Il courut remplir les formalités ordinaires, se présenter au ministre de la guerre, et faire son rapport de l'honorable traitement qu'il avait reçu à Barcelonne par la médiation du chevalier de Roye.

D'après ce rapport, don Julian obtint ce qu'il sollicitait vivement, comme la seule récompense de tous ses services militaires, la permission de rendre à Gaston service pour service, sa liberté, en se portant caution pour lui.

L'ordre de mettre Gaston en liberté fut envoyé sur-le-champ, et don Julian revint apporter cette heureuse nouvelle à Théodore, avec une joie, une vivacité qui prouvaient la générosité de son caractère.

3. 7

Quoique fort occupé de Gaston, il
n'oubliait pas sa promesse à Théodore,
et, craignant que ses intérêts ne souf-
frissent du plus léger retard, il lui proposa de le conduire sur-le-champ chez
le comte de Roncézvalles, ce que Théodore accepta avec un violent battement
de cœur. Il tremblait comme un cri-
minel, tandis que son ami, plein de
joie et d'espérance, se croyait certain
du succès. Ils traversèrent les rues de
Sarragosse presque en silence, car Théodore était trop occupé pour parler, et
don Julian trop délicat pour troubler
sa méditation.

Comme Sarragosse n'était que mo-
mentanément la demeure du comte de
Roncezvalles, il logeait dans la maison
d'un grand, exilé. En arrivant, les deux
amis virent dans la seconde cour un
magnifique équipage, remarquable par
la richesse des ornements, la beauté
des harnois des mules et la brillante
livrée des gens. C'est le comte, dit

tout bas don Julian en précipitant ses pas ; j'espère qu'il n'est pas encore prêt à sortir.

Au bas du grand escalier, ils rencontrèrent deux de ses pages, et immédiatement après eux venait le comte lui-même.

Tandis que don Julian courait au-devant de lui pour le saluer, Théodore se recula, et, caché par une colonne, il contempla librement son aïeul. Il vit un grand homme dont la figure avait de la dignité, de la sévérité, de la noblesse et du calme : mais ce calme semblait plutôt le résultat d'un orgueilleux dédain que la paix intérieure de l'âme. Superbement vêtu, décoré de plusieurs ordres en diamants, il tenait son chapeau à la main, et sur son front, profondément sillonné, tombaient des cheveux entièrement blanchis par l'âge.

Au lieu de se sentir attiré vers lui, le cœur de Théodore éprouvait un je ne sais quoi qui l'en repoussait. Ce n'était

pas cette séduisante douceur, cette gracieuse prévenance, cette expression aimable du comte de Lauvenheilm. —
Quelle différence!... Grand dieu, quelle
différence!.... Non,.... non, je ne re-
trouverai jamais quelqu'un qui lui ressemble, pensait Théodore en soupirant.

Le comte voulut remonter dans son
appartement avec Julian, et invita poliment Théodore à les accompagner. Don
Julian le présenta légèrement comme
un de ses amis, et fit un signe à Théodore, qui les suivit en silence.

Un grand salon faiblement éclairé par
quelques bougies, offrit à Théodore ce
qu'il désirait, le moyen d'échapper à
l'observation en observant les autres. Une
conversation fort spirituelle s'établit entre don Julian et le comte: ce dernier
parlait avec moins de feu que le premier,
mais avec beaucoup de sécheresse; et
Théodore ne manqua pas de tirer un
triste augure pour leur réconciliation
future, de l'aigreur avec laquelle le

vieux comte parlait de tous les partisans du prince Charles. Lorsque don
Julian exprimait un sentiment de reconnaissance pour le généreux traitement
qu'il avait reçu, ou qu'il louait la conduite de quelques individus, en s'affli-
geant de leurs erreurs politiques, le comte
l'interrompait par quelques remarques
qui indiquaient un petit esprit imbu de
préjugés.

Le nom de don Jasper ne fut pas prononcé, quoique la conversation amenât
celui de la comtesse Santa - Clara; le
comte espérait la voir bientôt forcée à
quitter l'Espagne. Un décret nouveau
bannissait les familles espagnoles qui
avaient embrassé le parti de l'archiduc;
et la marquise, comme Allemande et parente de plusieurs généraux ennemis,
devait nécessairement se trouver sur la
liste des proscrits.

Tandis que le comte parlait, la porte
d'un appartement intérieur s'ouvrit, et
une jeune dame voilée et couverte d'une

mantille noire, parut. Elle salua gracieusement et dit au comte qu'elle allait
à vêpres; ensuite elle traversa le salon
et disparut. — C'est ma petite-fille dona
Elvira Haro, dit le comte; et il reprit
sa conversation. Théodore tressaillit; il
brûlait du désir de suivre et d'embrasser
sa sœur. Son cœur, si péniblement repoussé par les sévères manières et les
sentiments durs de son grand-père, s'attendrit à la vue d'Elvira : mais elle était
partie, et il restait avec une confusion de
pensées et une oppression de cœur qu'il
n'avait jamais senties. Il ne concevait pas
qu'une personne qui lui était aussi parfaitement inconnue que le comte, pût
lui faire éprouver une émotion aussi nouvelle que violente. Ellésif seule pouvait
lui faire connaître les transports de la
joie, l'ivresse du bonheur: comment se
trouvait-il susceptible d'être affligé par
tant d'autres ?

Il ne put résoudre cette question ; et
regardant autour de ce grand et sombre

salon surchargé d'une inutile magnifi-
cence, se rappelant le pompeux équipage qu'il avait vu dans la cour, il s'étonna de n'éprouver aucun plaisir à l'aspect
du luxe et de la fortune dont, sans doute,
il allait jouir. Ses réflexions furent interrompues par le comte, qui lui demanda, en se tournant vers lui : — Avez-
vous été long-temps prisonnier, monsieur ? Puis-je vous demander où vous
avez été pris ? — En voyageant, monseigneur ; je suis tombé par malheur dans
un parti de miquelets, répondit Théodore, pouvant à peine respirer.

— Qui vient de parler ? s'écria le comte
en tressaillant et regardant autour de
lui comme quelqu'un soudainement
troublé.

— C'est moi qui ai parlé, monseigneur,
reprit Théodore en s'approchant involontairement du comte ; j'aurai l'honneur de....

Il fut encore interrompu par une vive
exclamation du comte ; car dans le mo-

ment où Théodore s'avança ; la lumière
donna directement sur lui, et mit sa figure entièrement en évidence.

Qui êtes-vous ? monsieur ! s'écria le
comte d'une voix altérée. Il y avait dans
sa physionomie un mélange de bonté et
de sévérité ; cependant Théodore ne put
réprimer le premier mouvement de son
cœur. La tendresse, le respect, la crainte,
le danger même de perdre toutes ses espérances futures, l'emportèrent sur la
prudence ; et ne pouvant parler, il tomba
aux genoux du comte, en cachant son
visage de ses mains.

Le silence, qui dura quelques instants, ne fut pas même rompu par don
Julian. A la fin, le comte répétant sa
question avec fermeté, ajouta : Votre
voix et votre maintien, jeune homme,
me rappellent mon fils Balthazar. La dernière fois que je le vis, il était dans la
position où vous êtes maintenant : mais il
s'humilia trop tard, et ma malédiction,...
la malédiction d'un père offensé furent

les dernières paroles qu'il entendit de
moi ! Le ciel a exaucé ma prière :..... et
l'a frappé d'un juste châtiment.

Théodore, frissonnant d'horreur, allait se relever avec indignation, sans
songer que cette action pouvait changer
sa destinée ; mais don Julian, qui devina sa pensée, le retint de force en
paraissant s'appuyer sur son épaule, et
chercha à émouvoir la sensibilité du
comte en lui expliquant ce qui donnait
lieu à cette scène. Peu de mots suffirent
pour informer le comte qu'il voyait l'intéressant jeune homme dont la princesse
des Ursins lui avait parlé.

Quoique le naturel hautain du comte
lui fît sentir de la répugnance à le reconnaître, il fut agréablement surpris
de l'extérieur de son petit-fils. Cet air
de noblesse et de douceur si bien en
harmonie avec les beaux contours de
son visage satisfaisaient particulièrement
l'orgueil du comte, qui ne s'attendait pas

7·

à trouver tant de perfection dans l'élève d'un paysan norwégien.

Pendant un instant, il observa en silence et dit : Levez-vous, monsieur; la cour de Castille décidera sur la validité des preuves qui sont en votre pouvoir. Si l'on prononce en votre faveur, je ne peux vous empêcher de succéder à l'héritage de Roncezvalles : mais mon amitié dépendra uniquement de votre propre conduite. Gardez-vous d'imiter celui que vous annoncez être votre père.... Gardez-vous surtout d'imiter ce jeune rebelle que j'étais fier, il y a peu de temps encore, de regarder comme mon héritier. Je ne suis pas fort content de votre première action ; plus de respect était dû au comte de Roncezvalles ; il fallait le faire prévenir avant de vous présenter à lui. C'est manquer aux égards que de surprendre un homme de mon rang, et de lui causer une émotion toujours dangereuse à mon âge.

Théodore fut disposé à croire que l'orgueil seul donnait au comte une apparence d'insensibilité si repoussante ; et adouci par cette idée, il baissa la tête respectueusement en répondant : Daignez m'excuser, monseigneur ; mon cœur soupirait après mes parents, et je n'ai pu supporter d'attendre que les longues formes de la justice me donnassent le droit de vous offrir mon respect et de porter le noble nom de Guévara.

Particulièrement satisfait de cette dernière phrase, touché de la sensibilité avec laquelle elle était prononcée, le comte voulut bien condescendre à donner sa main à Théodore. — Si votre esprit ressemble autant à celui des Guévara que votre physionomie à la leur, vous êtes digne de l'illustre race dont vous prétendez descendre : mais il faut que vous me donniez les preuves authentiques de votre origine.

Une cassette contenant plusieurs lettres de mon père, répondit Théodore, et quelques bijoux, voilà tout ce que je possède, et l'attestation légale de mon identité avec la personne sauvée du naufrage. J'ai une de ces lettres et l'attestation sur moi : voulez-vous, monseigneur, me permettre de vous les montrer? Il tenait sa main sur son sein, où elles étaient placées. Le comte, satisfait du soin délicat qu'il mettait à ne pas surprendre sa sensibilité une seconde fois, lui dit avec plus de douceur : Je suis préparé à les voir. Théodore alors lui remit les papiers, et son grand père les prit d'une main tremblante, se détournant pour les examiner. Malgré l'orgueil, malgré son implacable ressentiment, le comte ne put voir sans le plus vif attendrissement les caractères tracés par la main d'un fils jadis si cher à son cœur, et si malheureux. Il rendit les papiers à Théodore, en détournant la tête pour cacher son émotion. — Je n'ai pas le loisir, dit-il d'une voix tremblante, d'examiner ces papiers maintenant : remettez-les dans la cassette et apportez-les moi tous ce soir ; je voudrais les examiner seul : mais peut-être ne voudrez-vous pas me les confier ?

Ne pas les confier au comte de Roncezvalles ! s'écria Théodore ?

Ne pas les confier à un Espagnol ! dit Julian.

L'orgueil personnel et l'orgueil national du comte furent flattés de ces deux exclamations. Alors se tournant vers Théodore, en apparence assez calme mais extrêmement pâle, il lui dit : Je ne serai pas fâché, jeune homme, de voir vos droits établis ; quels sont les moyens que vous comptez prendre ? — Je suis venu en Espagne, monseigneur, décidé à faire ma première tentative près de vous ; et, si j'étais assez heureux pour être reçu, déterminé à ne me conduire que d'après vos ordres. J'ai la noble fierté de me croire digne de vos bontés, et le plus vif désir d'appartenir à une illustre race : mais si les

preuves de mon origine ne sont pas
assez fortes pour établir mes droits au
patrimoine de ma famille, daignez seulement, monseigneur, m'avouer à la
face du monde comme le rejeton d'une
noblesse antique : à peine regretterai-je
alors la perte de mes biens ; avec le sang
et le nom des Guévara, je puis prétendre à tout, et je trouverai facilement
l'honorable chemin de la fortune.

Le feu avec lequel parlait Théodore
en fit à l'instant un homme tout diffé-
rent. Don Julian, qui ne l'avait jamais
vu que triste et réservé, fut si transporté
de cette vivacité, qu'il courut l'embrasser
en s'écriant : Je jurerais maintenant que
le sang qui coule dans vos veines est
véritablement castillan.

Le comte regarda encore son petit
fils avec orgueil et satisfaction. — Vous
me plaisez, monsieur, lui dit-il, et je
désire sincèrement que vos preuves
soient suffisantes. Apportez-moi la cassette ce soir, et demain matin vous en-

téndrez parler de moi. Dans ce moment
j'ai une visite à faire, ayez la bonté de
m'excuser l'un et l'autre.

Le comte les salua, appela ses gens,
et un page vint les prendre pour les
conduire jusqu'à la dernière cour, d'où
ils se rendirent chez eux.

Don Julian pria son compagnon d'admirer sa prudence, et se félicita d'avoir
réprimé le mouvement de vivacité que
lui avoit inspiré la froideur du comte.
Théodore avoua qu'il avait deviné juste,
et le remercia. J'ai cru démêler, ajouta-
t-il, à travers l'orgueil et la morgue du
comte, plus de sensibilité que je ne
l'aurais imaginé. Je voulais lui parler de
ma sœur; mais il fallait contraindre
devant lui une émotion choquante pour
un homme aussi fortement attaché à
l'étiquette.... J'ai résisté, non sans effort.... O! don Julian, vous ignorez
combien est pénible une pareille contrainte, si différente des épanchements
auxquels je me livrais avec tant de

plaisir.…. Dans ce moment, Théodore pensait non-seulement à ses amis de la vallée, mais encore à la tendre, à l'imprudente Ellésif, que nulle loi de société ne pouvait astreindre à ces bizarres ménagements, invention de l'égoïsme. A ces souvenirs si chers, il fondit en larmes. Agité maintenant par de nouveaux soins, rien ne pouvait effacer de ce cœur si constant l'image d'Ellésif. Il doutait cependant qu'elle fût aussi parfaite qu'il l'avait espéré; il craignait qu'elle ne l'eût sacrifié ou par vanité ou par faiblesse; mais enfin ce doute, cette crainte, n'étaient pas des certitudes; et tant qu'il était possible de douter, il ne l'était pas de cesser d'aimer.

Don Julian offrit obligeamment de porter la cassette au comte, parce qu'il était probable qu'il ne voudrait pas revoir son petit-fils avant cet examen. Théodore accepta cette marque d'amitié, et le soir don Julian remit ce précieux dépôt dans les mains du comte.

Le lendemain matin, Théodore reçut un message de son grand-père, qui lui faisait dire de se rendre seul, sur-le-champ, auprès de lui.

Il trouva le comte dans le même salon, mais moins richement vêtu et moins contraint dans ses manières. La cassette était ouverte devant lui.

— Placez-vous ici, monsieur, dit-il en lui montrant un siége près de lui : je suis charmé que vous soyez seul. J'ai soigneusement examiné le contenu de cette cassette, et je crois vos titres irrécusables. Vous êtes, je n'en doute pas, le fils de Don Balthazar et de Doña Aurelia ; sans son obstination à l'épouser, que de malheurs épargnés ! Mais il désobéit à son père ; elle rompit les engagements pris avec Dieu même : l'un et l'autre ont été punis ! Chaque jour de ma vie, je prie pour l'âme de Balthazar ; et depuis que j'ai appris sa malheureuse fin, j'ai fait dire cinq cents messes pour son salut.

Théodore frissonna, en observant

combien les pratiques religieuses exer-
cent peu d'empire sur les affections in-
térieures de l'homme. Le comte se conduisait comme s'il avait pardonné, et
cependant il demeurait aussi insensible
pour la mémoire de son fils qu'il s'était
montré inplacable contre lui pendant sa
vie.

Je croyais, monseigneur, dit Théodore, que ma mère n'avait pas prononcé
de vœux. — Non, mais elle était au moment de prendre le voile, et devait se
considérer comme l'épouse de Dieu.
D'ailleurs, elle n'était pas d'une famille
qui dût jamais s'allier à la nôtre. Dans
le treizième siècle, un duc de Montellano, en présence de toute la cour, osa
frapper un comte de Roncezvalles : c'est
un affront que tout le sang des Montellano ne pourra jamais effacer.

Leur sang coule dans mes veines, dit
Théodore avec une sorte de sombre joie!
et, pliant avec grâce le genoux, — comme un Montellano, laissez-moi payer

pour toute la famille ; sans demander ce
qui provoqua un si sanglant outrage, je
suis prêt à convenir qu'un tel procédé
était indigne d'un gentilhomme.

Les yeux du comte brillèrent d'un feu
soudain ; il embrassa son petit-fils en
l'assurant qu'il oubliait cette malheureuse aventure ; et, reprenant l'entretien sur l'objet qui les réunissait, il reconnut son incapacité pour décider cette
importante question. Il avoua franchement que si son petit-fils don Jasper,
en apprenant l'arrivée de Théodore,
rompait avec la marquise et reprenait
son grade dans l'armée de Philippe, il
serait forcé, en honneur, à ne pas recevoir, à ne pas reconnaître l'homme qui
venait dépouiller son petit-fils, tant que
la loi n'aurait pas formellement prononcé entre eux.

Toujours disposé à prendre le côté le
plus favorable, Théodore admira la dure
franchise de son grand-père ; elle lui
parut provenir d'une extrême droiture.

Celui qui a un tel amour pour la vérité,
pensait-il, peut commettre de grandes
fautes : mais elles sont plutôt l'effet des
premiers préjugés que d'un mauvais naturel. Théodore avait l'âme trop pure
pour deviner que le comte dédaignait de
déguiser ses intentions, uniquement
parce qu'il croyait toutes ses actions,
tous ses discours à l'abri de toute espèce
de censure.

Le comte lui fit clairement entendre
qu'il prétendait instruire don Jasper de
son arrivée, et observer l'effet que cette
nouvelle produirait sur la conduite de
ce jeune écervelé. Il lui demanda ensuite
des détails sur les premières années de
sa vie, sur son éducation et sur sa croyance
religieuse. Il fut très-satisfait de l'entendre s'exprimer avec élégance dans sa
langue natale. Il y avait même, dans sa
gracieuse manière de parler, quelque
chose qui disposait le cœur du comte
de Roncezvalles à l'épanchement. Théodore détailla brièvement les premiers

évènemens de sa vie, sans parler des profonds sentimens qui leur donnaient de l'importance.

En fait de religion, le comte ne connaissait point de milieu. Le nom était tout pour lui; il lui suffit d'apprendre que Théodore avait été élevé par Dofrestom dans la foi catholique. Il ne l'interrogea point sur sa croyance, n'imaginant pas qu'elle pût différer de la sienne.

Avant son mariage, Dofrestom professait la religion luthérienne établie en Danemarck; passionné pour sa femme, il pratiqua sans répugnance la religion catholique, et prit même du goût pour les imposantes cérémonies de l'église romaine. Durant son voyage avec Don Balthazar et dona Aurelia, il les avait vus observer strictement cette religion, et il crut qu'il était de son devoir d'élever leur enfant dans les préceptes qu'elle enseigne. Théodore se trouva confirmé naturellement dans ces principes par les évènements de sa vie, car la seule personne qui aurait pu balancer son respect pour les opinions de Dofrestom était le professeur : mais Sergendal, philosophe sceptique, se contentait de douter, et laissait chacun penser librement en matière de religion. La famille de Lauvenheilm, si chère au cœur de Théodore, professait comme lui la religion catholique. Ellésif avait été élevée par une mère nourrie des principes du pieux et sensible Fénélon ; la douceur, la pureté s'unissaient au zèle, mais au zèle charitable pour rendre dans son cœur la vertu et la religion aimable ; et Théodore, dans ses entretiens avec Ellésif, en goûtait tout le charme, sans avoir l'occasion de jamais connaître l'intolérance. Peut-être un sentiment inconnu, un préjugé favorable à la croyance d'Ellésif s'élevait-il dans son âme : circonstance fort heureuse pour lui, car s'il eût été élevé dans la religion réformée, ni l'espoir du rang et de la fortune,

ni la crainte de l'inquisition, ni les sol-
licitations de celle qui lui était plus chère
que la vie, ne l'auraient fait dévier de
ses principes.

Dans cette entrevue, Théodore osa
exprimer le désir de voir sa sœur : mais
le comte lui observa gravement qu'il
serait d'une extrême inconvenance d'in-
troduire auprès de dona Elvira une personne étrangère jusqu'à ce moment, et
qu'elle ne pouvait regarder comme frère
qu'après la décision des lois. Théodore
vit avec douleur que ce doux moment
dépendait du résultat d'un long procès, et
qu'il devait s'attendre à bien des délais et
des désagréments. Quoique naturellement patient et résigné, il sentit qu'il avait
besoin de tout son courage pour se soumettre sans murmurer aux volontés du
Ciel et aux ordres de son aïeul. Après
une très-longue audience, il prit congé
du comte, qui lui promit de l'informer
incessamment du succès de ses tentatives

pour forcer don Jasper à rompre une indigne liaison.

Théodore, en se retirant, remarquait tristement que son grand-père n'avait pas dit un mot, un seul mot affectueux au sujet des lettres de don Balthazar : il ne concevait pas que le ressentiment d'un père tînt contre les preuves répétées de respect, de tendresse d'un fils coupable d'une faute à la vérité, mais repentant, malheureux, implorant sa clémence et sa bonté paternelle, sans former jamais une plainte amère contre son excessive sévérité.

Le cœur du comte paraissait adouci, mais par Théodore seulement, et celui-ci désirait quelque chose de plus. Il aurait voulu exciter un mouvement de tendresse en faveur de son père, et obtenir du comte l'aveu sincère de son injustice envers don Balthazar ; au lieu de cela il ne trouvait, dans le cœur de son aïeul qu'orgueil, insensibilité, et sen-

tait alors mieux que jamais combien sont
rares les hommes tels que Dofrestom.

Cependant don Julian, dégagé de sa
parole au moyen d'un échange de prisonniers, se préparait à recommencer la
campagne. Destiné au commandement
d'un corps considérable, et forcé de
partir immédiatement, il se désespérait
de laisser les affaires de Théodore indé-
cises, et s'emportait contre la lenteur
des formes, l'insuffisance des lois, le
flegme et la morgue du comte de Roncezvalles. Convaincu de la justice des
droits de Théodore, il ne souffrait pas
qu'on osât élever à cet égard le moindre
doute, et allait jusqu'à reprocher à Théodore lui-même son calme et sa modé-
ration.

Mais rien ne pouvait rendre Théodore injuste, même lorsque ses plus chers
intérêts se trouvaient compromis par la
conduite d'un autre. Il s'était accoutumé
à réfléchir sur les motifs qui décidaient

les actions des hommes; et cette salutaire habitude l'avait souvent réconcilié
avec ses ennemis.

Il voyait que le comte de Roncezvalles
ne voulait pas fermer la porte de la réconciliation à don Jasper, que, par inclination pour ce jeune homme, il évi-
tait de recevoir celui qui devait le dépouiller de son rang, de sa fortune; si
cette conduite n'était pas dictée par
l'équité, elle était au moins bien naturelle, et Théodore n'attendait pas d'un
homme des vertus au-dessus de l'humanité.

En déclarant son intention de rester
neutre pendant la discussion, le comte
avait promis de recevoir Théodore avec
tous les honneurs dûs à sa naissance, s'il
gagnait sa cause. Théodore répéta ces
paroles à don Julian qui, loin de paraître satisfait, maudit mille et mille
fois cette perfide neutralité. — L'influence
du comte est bien connue, dit-il; et,
sans se montrer ouvertement, il lui sera

bien facile de l'exercer en faveur de don
Jasper. Ah! mon cher Théodore, si
vous n'avez pas de puissants amis et des
fonds intarissables, votre procès ne finira
jamais; et le comte, par ce moyen,
conservera l'héritage à son favori, sans
s'exposer à l'odieuse accusation de repousser l'orphelin dont son injuste sévérité a déjà causé tous les malheurs! On
voudra peut-être envoyer en Norvège,
à Cuba, interroger les témoins; cette
affaire peut durer votre vie entière, et
vous serez, en attendant, sans asile,....
étranger dans le pays de votre père! Si
les Guévara sont si désobligeants, grâce
au ciel tous les Espagnols ne leur ressemblent pas. Votre injure est celle de la
noblesse entière, et nous devons nous
regarder comme tous obligés à la réparer. Je pars pour l'armée; je ne peux
donc remplir en personne les devoirs
de l'hospitalité : mais tout ce que je
possède est à votre service. Réunissez-
vous au chevalier de Roye; choisissez

celle de mes habitations qui vous con-
viendra , vivez ensemble ; et faites-moi
la faveur de vous servir de mes gens qui
n'ont rien à faire , et de mes mules qui
perdent leurs jambes dans l'oisiveté.

Pénétré de sa générosité , Théodore
s'écria en souriant : vous ne me querel-
lerez pas , j'espère , si je vous avoue
qu'en dépit de moi-même vous me forcez
à vous aimer davantage.

Don Julian lui secoua cordialement la
main ; — mon hôtel de Madrid , lui dit-il,
fera votre affaire lorsque vous suivrez
votre procès dans cette ville , où le roi
ne tardera pas certainement à se rendre ;
et mon habitation en Navarre vous rap-
prochera de Corella , où la reine est re-
tournée. Je ferai la même offre au chevalier , et vous demeurerez ensemble ou
séparément comme bon vous semblera.

Théodore avait quelques regrets de
contracter des obligations avec une personne qu'il connaissait si peu. Il sentait
cependant la nécessité de conserver l'ap-

parence qui inspire le respect ; et ses
modiques ressources pouvaient à peine
suffire aux besoins de la vie. Toutefois,
il résolut de n'accepter aucun secours
pécuniaire de son ami de Roye, ni du
généreux don Julian ; décidé à céder
ses droits plutôt que de contracter des
dettes qu'il ne pourrait jamais acquitter.
Si son mémoire au roi et aux grands ne
produisait aucun effet, et que son procès
dût suivre le cours ordinaire des affaires,
il comptait abandonner une contestation
inutile et renoncer à ses plus chères
espérances. Cependant, plein d'une juste
reconnaissance, il remercia don Julian
de ses offres généreuses et promit d'accepter un séjour chez lui quand l'occasion l'exigerait. Bientôt don Julian se
vit obligé, à son grand regret, de quitter
son nouvel ami, qui lui remit une lettre
pour Gaston.

Après le départ de don Julian, Théodore resta seul avec ses inquiétudes. Les
jours s'écoulaient, et il n'entendait pas

parler du comte de Roncezvalles. Privé
de toute société, il repassait avec amertume les tristes événements de sa vie,
et soupirait douloureusement en se rappelant ces moments si courts de bonheur perdus sans doute pour jamais, et
dont le souvenir ne servait qu'à redoubler ses tourments !

Plus il avançait dans le monde, et
plus il sentait qu'il ne retrouverait point
cette réunion si rare de qualités qui
rendait Ellésif et son père si chers à son
cœur.

Don Julian avait certainement gagné
son amitié : mais il n'existait point de
sympathie entre eux. Avec un cœur excellent, un esprit peu cultivé, élevé dans
une continuelle prospérité, don Julian
ne pouvait juger ni les hommes ni les
choses, comme Théodore, mûri de bonne
heure par de sévères épreuves et de per-
pétuelles vicissitudes. Quant au comte
de Roncezvalles, homme pétri d'orgueil
et de petitesses, de préjugés et d'opinia-

treté, quel rapport pouvait-il exister
entre Théodore et lui?

S'il fallait en croire don Julian, les
dames espagnoles n'étaient que d'aimables enfants, jolis, capricieux, avides
de plaisirs, mais incapables d'un attachement sérieux. Théodore n'éprouvait aucun désir de vérifier les assertions de
don Julian, et les portraits tracés par
son ami ne servait qu'à rendre Ellésif
plus parfaite à ses yeux.

Il pensait souvent au comte de Lauvenheilm, et calculait en frémissant les
conséquences probables de ses ambitieux
projets.... Hélas! peut-être dans ce moment subissait-il l'infâme punition que
la loi prononce contre les traîtres. Théodore ne pouvait supporter cette image
épouvantable; et s'il eût fallu donner
jusqu'à la dernière goutte de son sang
pour acheter le pardon de son bienfaiteur, il eût, avec joie, présenté sa tête
pour sauver le père d'Ellésif. Il ne pouvait espérer de nouvelles du comte de

Lauvenheilm que par le chevalier de
Roye ; il l'attendait avec une extrême
impatience, et souvent il était tenté de
quitter Sarragosse pour aller chercher
son ami.

Une lettre du chevalier arrêta ce projet. Il écrivait de la route en se rendant
à Corella où il allait présenter ses hom-
mages à la princesse des Ursins, attention qu'elle devait attendre de son parent, et qui serait peut-être utile à Théodore, s'il pouvait la décider à épouser
ses intérêts. Il annonçait l'intention de
joindre Théodore, soit à Sarragosse, soit
à Madrid, d'après sa réponse ; et témoignait un vif désir de savoir comment
son ami s'était brouillé avec le comte,
dont il n'avait aucune nouvelle depuis sa
captivité. Par suite de la guerre, toute
correspondance avec le nord se trouvait
interrompue.

Quel chagrin pour Théodore ! Plus
d'espérances ; car, sans doute, les lettres
de Dofrestom et de M. Coperstad avaient

subi le même sort ! Tourmenté des suites
horribles que pouvait avoir l'ambition
du comte de Lauvenheilm, de la crainte
que la mort d'Heinreich ne remplît dans
ce moment la maisonnette de deuil et
de regrets, jamais Théodore n'avait
éprouvé une si profonde tristesse ! Heureusement, il n'eut pas le temps de s'ap-
pesantir sur ces douloureuses pensées.
Un événement inattendu produisit une
complète révolution dans sa position.
Peu de jours après le départ de don
Julian, il vit, non sans étonnement,
paraître à sa porte un brillant équipage,
et des gens qui lui dirent respectueusement que le comte de Roncezvalles l'envoyait chercher.

S.

CHAPITRE V.

Partagé entre la crainte et l'espoir, Théodore se trouva bientôt en présence de son grand-père, dont les traits fort altérés, la contenance émue ne présageait cependant rien de fâcheux. Il s'efforça de sourire, s'avança vers son petit-fils, et l'embrassa.

— Réjouissez-vous, don Théodore, lui dit-il ; la rébellion de votre cousin vient donner le dernier coup à mes espérances. Je renonce à lui,... j'épouse vos droits, je vous reconnais pour mon héritier,... je porterai moi-même votre réclamation au pied du trône.

Théodore ploya les genoux en silence, sans pouvoir remercier un homme qui l'engageait à se réjouir de la mau-

vaise conduite d'un autre. Son silence,
et le froid baiser qu'il appliqua sur la
main de son grand-père, aurait expliqué
à tout autre ce qui se passait dans son
âme : mais le comte, plus jaloux d'inspirer le respect que l'affection, prit le
silence de Théodore pour un témoignage
de vénération.

Levez-vous, don Théodore, reprit-
il ; et en même-temps il examinait sa
gracieuse figure. Dès ce moment vous
devez vous conduire comme l'héritier
du comte de Roncezvalles, et agir avec
la dignité qui convient à un tel caractère. — Mes sentiments se sont constamment trouvés au-dessus de ma position,
reprit Théodore en souriant ; il me sera
facile, monseigneur, d'obéir à cet ordre. — Fort bien, dit le comte d'un air
sévère ; il faut que la volonté s'accorde
toujours avec le devoir. J'exige de mes
enfants la soumission dans tous les temps
et sur tous les sujets : votre cousin a ex-
cité ma colère par sa désobéissance ;

je l'ai fait prévenir par un ami commun de votre arrivée ici; je lui ai fait dire quels moyens lui restaient de s'assurer pour lui seul mon intérêt : il a temporisé, il a menacé; enfin il a eu l'audace de tourner en ridicule ce qu'il appelait ma crédulité : tant d'insolence m'a déterminé à lui écrire la dernière lettre qu'il recevra de moi; elle contenait ce que le comte de Roncezvalles devait écrire :.... Il a répondu.... en épousant la marquise de Santa-Clara. — Cela est impossible! s'écria Théodore, dont les regards exprimaient l'étonnement et le mépris inspirés par la mauvaise réputation de la marquise : le comte les interprétant comme le résultat d'une juste indignation contre la désobéissance de don Jasper, le regarda presque avec amitié en lui disant : vos manières semblent promettre une conduite bien différente, et vous mériterez, sans doute, mes bontés !.... Cet enfant rebelle verra que je sais récompenser aussi-bien que

punir ; je remercie le ciel qui me fournit ce moyen de vengeance. Tenez-vous
pour averti, don Théodore, par le sort
de votre père et de votre cousin ;..... et
craignez de perdre sans retour mon
amitié, si vous imitez leur exemple.

Pardon, monseigneur, dit Théodore
avec une modeste fermeté et les larmes
aux yeux ; la marquise ne peut être mise
en comparaison avec ma mère, qui était
vertueuse et d'une illustre race. — Pré-
tendez-vous justifier votre père ? — Théodore ne s'intimida point du regard pénétrant de son aïeul. — Je ne le justifie
point. S'il connaissait votre aversion
pour les Montellano, il devait rompre
toute liaison avec cette famille ; tel était
son devoir, je l'avoue : mais, hélas ! qui
peut se flatter, au bout de sa carrière,
de n'avoir jamais manqué à son devoir ?

La raison unie au sentiment produit
presque toujours son effet.

Eh bien ! dit le comte d'un ton
plus doux, n'en parlons plus, puisque

ce sujet vous afflige : mais souvenez-vous
que je vous défends toute liaison avec
cette famille : et si j'apprends que vous
avez mis le pied chez un des parents
de votre mère.... je renonce à vous.
Promettez-vous de vous conformer à ma
volonté ?

Théodore se recula, sans répondre.

Eh quoi !.... vous hésitez ?.... Prenez
garde, jeune homme !

— Je n'ai jamais fait une promesse
précipitamment, reprit Théodore avec
fierté, parce que je les tiens toutes........
Oui, monseigneur ; je m'y engage.

Théodore venait de se rappeler que
tous les parents de sa mère, excepté
cette sœur protectrice d'Elvira, s'étaient
montrés cruels envers elle. Il promit
donc de bon cœur ce qu'exigeait le
comte, car cette sœur n'existait plus.

Vous avez du caractère, Théodore,
observa le comte en plaisantant et pres-
qu'effrayé de tant de fermeté.

La physionomie de Théodore reprit

sa première douceur. Il assura son grand-
père que sa reconnaissance pour cette
première adoption volontaire, jointe à
l'habitude de remplir tous les devoirs
d'un fils, lui répondait de son entière
obéissance. Vous avez le droit, monseigneur, de disposer de mes inclinations;
mes principes et mes sentiments sont
immuables comme Dieu qui les a mis
dans mon cœur.

Le comte ne comprit pas tout le sens
de ces paroles; mais il imagina qu'elles
indiquaient une soumission profonde aux
règles de la sainte église, et il exprima
sa parfaite satisfaction. Il détailla alors
tous ses arrangements pour que Théodore parût d'une manière convenable à
son héritier présomptif. Il devait solliciter du roi l'érection d'une junte com-
posé des grands de l'État, qui prononcerait sur la validité des droits de Théodore;
il espérait en même temps obtenir du
roi, pour son petit-fils, quelque marque
éclatante de faveur, et lui assurer ainsi

un rang et un accueil honorable à la cour.

Indigné contre don Jasper, le comte agissait bien plus pour le mortifier que pour satisfaire Théodore; don Jasper, en qualité de son héritier, jouissait d'une terre en Aragon; tant qu'elle lui resterait, il se croirait certain de succéder à toutes ses possessions, et s'embarrassait fort peu de la colère de son grand-père, qui ne pouvait ni le gêner pour le présent ni lui faire tort pour l'avenir, tant que les droits de Théodore ne seraient pas reconnus. Le comte se persuada donc qu'il ferait un coup de maître s'il obtenait du roi que l'on séquestrât les biens de Jasper jusqu'à la décision du tribunal.

Heureusement pour Théodore, le comte ne lui communiqua pas ce plan. Le noble jeune homme, loin d'approuver cet implacable ressentiment, n'aurait pas craint de témoigner sa désap-

probation, et peut-être en serait-il ré-
sulté une rupture entre eux. Son grand-
père se borna aux détails qui lui étaient
personnel ; Théodore n'eut donc qu'à
lui exprimer que sa reconnaissance. Il
profita de ce moment pour témoigner
tout son désir de connaître sa sœur.

Le comte lui promit qu'il la verrait à
dîner, ainsi que plusieurs de ses parents,
auxquels il voulait le présenter. Théodore lui dit en hésitant : Monseigneur,
une telle entrevue me causerait sans doute
beaucoup d'agitation ; voudriez-vous me
permettre de voir d'abord ma sœur
seule ?

Sachez donc, dit le comte, que la
gravité d'un noble espagnol ne doit jamais être altérée par aucune agitation
visible. Je vois que vous avez beaucoup à
apprendre ; mais comme je ne veux pas
que mes amis puissent concevoir de
vous une mauvaise opinion, je vais vous
envoyer dona Elvira tout à l'heure.

Le comte se retira, laissant Théodore

réfléchir à cet étrange discours. J'ai en
effet beaucoup à apprendre, répétait-il!
Je croyais connaître toutes les variétés
du cœur humain ; et je me trompais
bien !

Il n'osait se flatter de trouver dans
Elvira les grâces et l'esprit cultivé qui
ajoutaient tant de charmes à la beauté
d'Ellésif : mais il lui semblait naturel de
penser que la ressemblance des desti-
nées devait établir entre lui et sa sœur
une conformité d'opinions et de sentiments, gages d'une mutuelle sympathie.
Les romanesques idées de Gaston re-
vinrent, dans ce moment, à sa mémoire, et redoublèrent sa curiosité.

A la fin il entendit les pas légers d'une
femme, et il se précipita vers la porte.
Elvira parut, et Théodore, emporté par
la tendresse, la serra dans ses bras et lui
prodigua les noms les plus affectueux.
Remis de sa première émotion, il la
contempla avec un air d'intérêt et d'attention, cherchant à retrouver en elle

les traits de sa mère ; mais Elvira, quoique belle, ne ressemblait nullement à
ses parents. Théodore ne put réprimer
un mouvement de regret dont il rougit
aussitôt.... N'était-ce pas sa sœur, le
lien le plus cher qui l'attachât maintenant à la vie ?

Chère Elvira, s'écria-t-il fondant en
larmes, permettez-moi de vous appeler
ainsi, voulez-vous me reconnaître pour
votre frère ?

Le comte m'a dit que vous étiez réellement mon frère, répondit dona Elvira ; ainsi, je dois désormais vous regarder comme tel. J'en suis charmée ;
mais pourquoi pleurez-vous ?

A ces mots, prononcés avec douceur,
mais assez froidement, Théodore rougit
de son émotion, que le calme de sa sœur
lui faisait envisager comme une faiblesse.
L'oppression de son cœur augmentait ;
il se retira, et mit son mouchoir sur ses
yeux pendant quelques minutes.

Dona Elvira gardait le silence, et le

regardait avec plus de surprise que
d'intérêt.

Lorsque Théodore fut plus maître de
lui, il s'approcha de sa sœur, s'assit près
d'elle et prit sa main. Un doux sourire
et un soupir accompagnèrent le baiser
qu'il y déposa. Il la questionna beaucoup
sur les premières années de sa jeunesse,
et répondit au peu de demandes qu'elle
lui adressa.

Il apprit avec peine que don Louis
Haro l'avait rendue fort malheureuse.
Elvira traça le portrait de son mari,
parla des bontés de sa tante et des folies
de son cousin avec une vivacité, une
force d'expression, qui ne permirent pas
à Théodore de douter de sa sensibilité.
Il sentit que l'espèce de froideur qu'elle
lui montrait provenait d'une retenue es-
timable et d'une crainte secrète qu'il ne
fût pas réellement son frère, et il ne put
la désapprouver.

Le retour du comte interrompit leur
courte entrevue. Elvira se retira, et le

comte fit conduire Théodore à l'appartement que le majordome avait préparé d'après ses ordres.

Tout y était magnifique et incommode. Les chambres, garnies de meubles surchargés de dorures et d'ornements, semblaient vides tant elles étaient immenses : on avait tout sacrifié à l'ostentation. Théodore, déjà fatigué de la triste grandeur qui l'entourait, se rappelait avec regret l'agréable propreté de la maisonnette, le luxe élégant du château de Lauvenheilm ; et sentait douloureusement qu'il lui fallait oublier tout cela s'il voulait se trouver heureux dans sa situation.

Mais, en dépit de cette sage résolution, les jours présents lui rappelaient les jours passés ; il les regrettait, et cependant son sort actuel le rendait, aux yeux du monde, un objet digne d'envie. Ne possédait-il pas en effet ce que le monde regarde comme le bonheur? Une immense fortune, un rang élevé, une naissance illustre ?

Le roi, par égard pour le comte, et satisfait des preuves fournies par Théodore, l'avait autorisé, en attendant la décision de la junte, à prendre le nom et les armes de Guévara. Pour comble de faveur, le monarque, malgré l'étiquette rigoureuse de la cour, admit Théodore en sa présence, déclarant hautement qu'il le regardait comme le fils et l'héritier de don Balthazar. Grâce à cette déclaration, Théodore reçut l'accueil le plus flatteur de la noblesse espagnole, et fut traité partout avec la distinction due à l'héritier de Roncezvalles.

Au milieu de toute cette pompe, Théodore, étranger au bonheur, apprit avec un vif chagrin que son cousin se trouvait réduit à la misère par le séquestre mis sur sa terre d'Aragon. La contrainte imposée par la cérémonieuse affection de son grand-père, la monotone étiquette de la société, et, plus que tout cela, le caractère de sa sœur, contribuaient à rendre son existence insupportable. Froide et insensible pour les autres, elle déployait une extrême vivacité pour tout ce qui lui était personnel, et semblait avoir hérité du cœur irascible et vindicatif de son grand-père; incrédule sur le bien, toujours prête à croire le mal, avec un ton calme et modéré, elle mettait dans ses discours une amertume, une sévérité qui blessaient son frère. Elle traitait ses gens et ses inférieurs avec la plus grande dureté, et tournait en ridicule la noble sensibilité de Théodore.

Lorsqu'ils parlaient ensemble de leurs parents, leur malheureuse catastrophe ne lui causait pas la moindre émotion. Elle censurait même son père, et lui reprochait de s'être enfui en pays étranger, en la laissant pour ainsi dire livrée à la charité des autres.

Leur première entrevue passée, elle

n'avait témoigné aucun désir de connaître
l'histoire de son frère ; et Théodore,
qui s'était flatté d'épancher pour la première fois son âme toute entière dans le
sein d'une sœur chérie, s'avouait, en soupirant tristement, qu'elle ne compren-
drait ni ses joies ni ses douleurs.

Une lettre de Gaston vint causer une
agréable diversion à ses chagrins.

De Roye assurait, avec sa gaieté ordinaire, qu'il avait gagné le cœur de
la princesse des Ursins à sa première
entrevue ; que non-seulement elle lui
avait pardonné d'avoir pris les armes
contre Philippe, mais qu'elle lui avait
promis d'obtenir sa grâce auprès du roi.
« Je n'en ai nullement besoin, ajoutait
l'étourdi, car je ne suis ni français ni
espagnol ; et Philippe au contraire me
doit de la reconnaissance, puisque je
veux bien reconnaître ses droits. Quand
nous nous verrons, je vous dirai pourquoi je pense ainsi maintenant ; quoique
je sois beaucoup trop attaché à la per-

sonne de l'archiduc pour jamais porter les armes contre lui. Le roi va se rendre incessamment à Corella ; le comte l'accompagnera comme de coutume ; vous le suivrez sans doute : sous peu , mon cher Guévara , j'aurai donc la satisfaction de vous embrasser. »

Ces nouvelles charmèrent Théodore ; car le comte manifestait tant d'animosité contre les partisans de l'archiduc , que Théodore n'osait , devant lui , prononcer le nom de Gaston , tout en cherchant dans sa tête comment il pourrait concilier la ferme résolution de ne jamais abandonner un ami à qui il devait tout , et son désir de ne point choquer les préjugés du comte.

Depuis son établissement chez lui , il avait le désir bien plus que l'espoir de raccommoder son grand-père avec son cousin dont il ne dissimulait pas les torts , mais dont la punition lui semblait trop rigoureuse.

3.   9

Il savait par plusieurs personnes que
ce jeune homme, entièrement dépendant des parents de sa mère peu dis-
posés à le soutenir, se trouvait dénué de
toute ressource, et pressé par de nom-
breux créanciers qu'il ne pouvait satisfaire, et qu'un entier abandon de la
part du comte le forcerait à se jeter dans
le parti ennemi.

Théodore, ému de pitié, espéra beaucoup de ce dernier argument, et hasar-
da enfin une démarche auprès du comte
en faveur de son malheureux cousin.

Mais le vif ressentiment du comte ne
cédait pas si facilement. Il accueillit
fort mal le pauvre Théodore, et d'un
ton sévère, témoigna le plus grand étonnement de le voir agir pour un homme
dont le pardon accordé diminuerait con-
sidérablement son héritage.

Un homme qui n'agissait jamais que
par orgueil, intérêt ou vengeance, n'aurait rien compris à la réponse toute na-

turelle de Théodore. Sans entrer en ex-
plication à cet égard, le bon jeune
homme persista dans sa prière avec une
douce fermeté, et finit par obtenir que le
comte laisserait à don Jasper les revenus
de sa terre en Aragon, s'il consentait
à venir en personne demander son pardon, et promettre de se séparer de sa
femme. Théodore voulait obtenir un
pardon sans condition : mais le comte
se montra inflexible, et maintint sa proposition.

Cette proposition inconvenante produisit un effet contraire aux nobles vœux
de Théodore. Don Jasper, obstinément
persuadé qu'on ne parlait des droits de
celui-ci que pour l'effrayer, brava, dans
sa réponse, le courroux de son grand-
père, traita Théodore avec mépris, et
s'emporta jusqu'à menacer le comte, s'il
osait le dépouiller d'un rang qui n'appartenait qu'à lui.

A la réception de cette insolente
épître, la colère du comte ne connut

pas de bornes, et retomba sur l'innocent
Théodore, victime de sa générosité.

Consolé par la pureté de ses intentions, il supporta tout avec une douceur
et une soumission qui finirent par dé-
sarmer son aïeul.

Mais il avait reçu une salutaire leçon ;
et persuadé maintenant que don Jasper
ne voulait pas être sauvé, il renonça à
plaider sa cause.

Peu de jours après, apprenant que
son cousin était arrêté pour dettes,
Théodore ne perdit pas un moment ; la
dette fut payée et le prisonnier mis en
liberté. Le bienfaiteur resta inconnu,
et ce même bienfaiteur passa dans l'esprit de don Jasper pour l'instigateur
secret de ses créanciers.

Enfin le roi quitta Sarragosse et partit
pour Corella, résidence royale distante
de deux milles de la Mirador, terre
superbe appartenant à la famille de
Roncezvalles. Le comté la choisit pour
son habitation pendant le séjour de la

cour à Corella, où il pourrait se rendre
facilement quand son devoir l'appelle-
rait auprès du roi.

Théodore, ami des beautés de la
nature, éprouva la plus vive admiration
à l'aspect ravissant de la contrée qu'il
parcourait, et surtout du site romanti-
que de la Mirador. De la principale
fenêtre du château la vue planait sur
une grande étendue de pays, diversifiée
par des bois, des rivières, des bosquets
d'orangers et des prairies émaillées de
fleurs entourées de clôtures de grenadiers.
Des collines, couronnées de monas-
tères antiques ou de fortifications maures-
ques tombées en ruines, sortaient d'une
noire masse de bois de châtaigniers, et
formaient un piquant contraste avec les
fabriques modernes disséminées à l'en-
tour : de toutes parts on apercevait
les Pyrénées dont les formes pittores-
ques, la hauteur et les cimes blanchies
rappelaient à Théodore les Alpes nor-
végiennes si chères à son enfance. Les

jardins de Mirador, originairement des-
sinés à la française, restaient sans culture
depuis plusieurs années ; une heureuse
négligence permettait à la nature de
travailler seule, et sa main magique,
détruisant insensiblement les entraves
imposées par la main de l'homme, laissait les épais feuillages ombrager sous
mille formes les bords des canaux. Partout se déployait une richesse de végé-
tation, une irrégularité gracieuse, une
variété de productions, qui offraient à
la vue des beautés que l'art ne saurait
atteindre et que l'imagination ne pouvait surpasser.

La maison était grande, magnifique
et commode ; elle était distribuée et
meublée avec plus de goût que ne le
sont ordinairement les maisons espagnoles. Sa principale décoration consistait
dans une nombreuse suite de portraits de
familles peints par les meilleurs artistes ;
quelques-uns des plus beaux ouvrages
de Vélasquez et de Morillos ornaient

cette collection. Théodore sentit un mouvement d'orgueil et de joie, en se trouvant entouré de tant de souvenirs de ses ancêtres, qui tous avaient occupé de grandes places et rendu d'importants services à leur pays.

Il aimait à entendre le vieil intendant lui apprendre les antiques traditions, les devises chevaleresques de sa famille, et les preuves de désintéressement et de talents qu'ils avaient données comme hommes d'état. Ces détails lui inspiraient une noble émulation. Il se sentait pénétré d'un saint respect pour ses illustres ancêtres ; sentiment louable quand c'est un hommage rendu aux vertus, aux talents ; préjugé ridicule lorsqu'il est inspiré par le seul orgueil de la naissance.

Parmi tous ces intéressants personnages, Théodore cherchait en vain l'image de son père. L'intendant lui dit que tous les portraits de don Balthazar avaient été portés en Aragon, où le

comte n'était plus allé depuis la perte
de son fils.

Quel beau moment pour Théodore
que celui où il pourrait remettre ces précieux portraits à leur première place !....
Il fit intérieurement le vœu de remplir
ce devoir dès qu'il serait maître de la
Mirador. Tout ce qu'il entendait dire de
son père, lui prouvait que sa mémoire
était partout en vénération. Les vieux
domestiques, et les paysans qui se souve-
naient de don Balthazar, parlaient de
ses aimables qualités les larmes aux
yeux; ils se montraient tous pleins d'affection et de zèle pour le service de
son fils; et Théodore, entouré de leurs
soins et de leurs bénédictions, sentait
qu'il devait cette affection à sa ressemblance frappante avec son père.

Immédiatement après leur arrivée à
la Mirador, Théodore profita du moment où son grand-père allait chez la
reine pour lui demander la permission
de se rendre chez le chevalier de Roye.

Le comte, pour toute réponse, fronça
le sourcil ; Théodore insista en le suivant
jusqu'au grand portique de la maison.
— Je vous ai dit, monsieur, répondit-il
enfin, que je n'aimais pas cette liaison.
Le chevalier de Roye est un hérétique,
et il a servi contre nous. Quel service
vous a-t-il donc rendu pour que vous
lui conserviez votre amitié au risque de
me déplaire ? — Il voulait me servir auprès du roi, dit Théodore avec douceur :
mais votre bonté inespérée a rendu son
secours inutile ; cependant il plaiderait
encore en ma faveur auprès de la princesse des Ursins, si je ne le lui avais pas
expressément défendu.

Vous avez eu raison, dit le comte ;
cette défense était due à ma dignité. Les
Guévara n'ont besoin d'autre intermé-
diaire auprès de leurs souverains, que
de leurs propres services ; je parlerai à
la princesse des Ursins du chevalier, et
s'il a réellement renoncé au parti de
l'archiduc, je pourrai peut-être vous

9.

permettre de le voir : jusques-là, monsieur, j'espère que vous vous conformerez à ma volonté.

Théodore salua sans répondre et rentra dans la maison. Quelquefois il se sentait presque humilié de se soumettre en silence, et de paraître ainsi trahir ses principes ; mais à quoi lui aurait servi de parler ?

Il avait essayé, dans le commencement, de discuter avec son grand-père et sa sœur ; surpris de les trouver toujours d'une opinion contraire à la sienne, il était loin d'imaginer qu'ils ne pouvaient ou ne voulaient pas être éclairés. Après cette triste découverte, il cessa d'exprimer des sentiments qui l'exposaient aux sarcasmes d'Elvira et à la censure du comte ; il se borna à manifester la différence de ses opinions par un inflexible silence et son refus d'agir contre sa façon de penser dans les choses essentielles. Sur tout autre point, il cédait avec facilité et sacrifiait même ses goûts les plus chers. Ennemi du luxe, du grand monde, il vivait au milieu des grandeurs et de la dissipation, il négligeait les études profondes qu'il préférait, pour acquérir des talents futiles, mais qui plaisaient à son grand-père. Quelquefois il souriait de mépris en s'apercevant qu'il devait la considération du comte, bien plus à ses avantages extérieurs qu'aux qualités de son âme et de son esprit. Tout ce qui jadis lui avait assuré l'estime du comte de Lauvenheilm, le respect et l'affection des autres, était maintenant compté à peu près pour rien.

La profonde ignorance du comte lui faisait envisager les connaissances de son petit-fils avec une sorte de jalousie ; et dona Elvira, imbue des préjugés orgueilleux du haut rang, regardait ces mêmes connaissances comme une preuve dégradante des malheurs et de la situation passée de son frère, et non comme une distinction honorable et digne d'envie.

Quelle société pour Théodore !......
quelle société pour remplacer celle qu'il
regrettait si vivement !

Le comte revint de sa visite aux souverains de la meilleure humeur du
monde. La princesse des Ursins lui avait
si favorablement parlé du chevalier de
Roye, que, sans attendre une nouvelle
demande de Théodore, il lui permit de
voir dès le lendemain son ami, en lui
faisant promettre toutefois de faire un
discret usage de la permission qu'il lui
accordait. Théodore le promit d'aussi
bonne grâce qu'il lui fut possible, et le
lendemain matin, il courut chez son
ami.

CHAPITRE VI.

Le chevalier habitait la maison de Julian Casilio, située très-agréablement tout près de Corella et sur la route de Pampelune.

Théodore, en s'y rendant, pensa aux lieux où, pour la première fois, il vit de Roye, et ce triste souvenir dissipa presque entièrement le plaisir de se retrouver près de son ami. Sombre et mélancolique, il se présenta chez Gaston, dont la joie et la pétulance ne lui permirent pas de remarquer d'abord la tristesse de Théodore. Il vola vers lui, le pressa dans ses bras, et l'accabla d'un déluge de félicitations et de questions.

Extrêmement touché de cette vive affection, Théodore répondait cependant d'une manière incohérente. Il croyait voir Ellésif aux côtés du chevalier ; son cœur se brisait ; il se sentait presque défaillir. Eh ! quoi, s'écria le chevalier avec beaucoup plus d'intérêt dans le cœur que dans les manières, n'êtes-vous pas heureux ?

Théodore lui tendit la main en essayant de sourire. Gaston le regarda quelques instants et lui dit avec douceur : Je n'ai jamais cherché à lire dans le cœur d'aucun homme, car je ne suis pas bien sûr de lire dans le mien. Si je puis vous servir en quelque chose, ouvrez-moi le vôtre, Guévara ; parlez avec confiance, et comptez sur moi. Si je ne puis rien à votre bonheur, épargnez-vous, épargnez-moi une douleur que rendrait inutile le récit de maux irrémédiables.

Théodore, trop oppressé et toujours trop peu disposé à découvrir ses sentiments secrets pour profiter de cette ouverture, s'efforça de vaincre son émo-

tion, et changeant de conversation, interrogea Gaston sur son changement
politique.

Je nie toujours le droit réel de Philippe, répondit Gaston : mais il a pour
lui le vœu de la nation, je n'en saurais
douter. Lorsque j'accompagnai l'archiduc dans sa marche triomphante à travers la Castille, et que j'entrai à sa suite
dans Madrid, mon illusion s'évanouit.
Toute la population du pays suivait
Philippe ou combattait pour lui ; pas un
Espagnol, excepté les Catalans, ne désirait les succès de Charles. Pendant ma
captivité, je connus mieux encore l'esprit public et le vœu de l'Espagne : dès-
lors j'abjurai mon erreur, persuadé que,
dans une semblable circonstance, l'intérêt général doit décider la question.
— Je suis charmé que nous ne figurions
plus dans des partis opposés. Vous voilà
bien à la cour de Philippe, et je sais que
vous voulez employer en ma faveur votre
crédit auprès de la princesse des Ursins :

n'en faites rien , je vous en supplie. —
Auriez-vous de l'aversion pour la camerara major ? s'écria le chevalier : vous
avez tort , je vous l'assure ; malgré son
âge , elle est encore une des plus jolies
femmes de l'Espagne , et, après la reine ,
la plus agréable. On vous aura prévenu
contre elle, je le parie ; on vous l'aura
peinte comme une intrigante : il est vrai
qu'elle se mêle beaucoup des affaires du
gouvernement , mais c'est pour le bien
de l'Espagne et l'intérêt de la famille
royale , à-laquelle elle est fort attachée.
Naturellement douce et bonne , c'est
par zèle , par affection qu'elle intrigue ,
et non par vanité ; pourquoi donc re-
fusez-vous de recourir à sa protection ?

Une pénible rougeur couvrit le visage
de Théodore : Parce qu'elle est parente
de la première femme du comte de Lauvenheilm , reprit-il ; et comme nous
nous sommes quittés brouillés , je ne
voudrais pas contracter d'obligation avec
une de ses parentes. Ne me faites pas de

questions, mon cher ami, sur cette séparation ; je prie sincèrement le ciel
que vous n'en puissiez jamais deviner la
cause. La faiblesse que je suis honteux
de vous montrer doit vous convaincre
que je ne désirais pas cette séparation, au
moins jusqu'à...... Il s'arrêta et se détourna, craignant de se trahir.

Cette énigme pourrait piquer ma curiosité, reprit gaiement le chevalier,
mais je ne veux point essayer de la deviner, puisque vous me priez du contraire. Cependant, mon ami, je veux
vous donner un conseil : gardez-vous de
disposer de votre cœur sans l'agrément
de votre grand-père ; aussitôt que vous
serez légalement reconnu son héritier,
il voudra vous marier, n'en doutez pas,
pour prévenir un autre mariage clan-
destin.

Que Dieu m'en préserve, s'écria Théodore en pâlissant. — Ainsi soit-il, Guévara : mais sérieusement, j'espère que
vous n'avez pas contracté d'engagement

en Danemarck, ainsi vous pouvez choisir dans une riche et noble famille qui ne soit point ennemie de la sienne : le comte vous permettra l'alliance qu'il vous plaira de former.

— Non, non, je ne peux l'obliger sur ce point. S'il veut me laisser arbitre de mon sort, je promettrai........ Hélas! il n'est pas nécessaire de promettre.

— Quelle idée ! Venez-vous ici pour mettre fin à la race des Guévara? Ne pas vous marier !..... Allons, allons, votre querelle avec le comte finira, je vous en donne ma parole, et vous épouserez Ellésif.

A cette prophétie, un tel désespoir se peignit sur la figure de Théodore, que Gaston se maudit lui-même de son inconséquence. Pardonnez-moi mon indiscrétion, mon cher Guévara ; je n'aurais jamais dit cela, si je ne connaissais tout l'attachement d'Ellésif pour vous. Le comte lui-même vous apprécie trop bien pour conserver long-temps son ressentiment ; l'un et l'autre vous aiment. . . . . . . — Oh ! ne le pensez pas, mon cher Gaston, s'écria Théodore en se levant dans un trouble extrême, et mettant sa main sur son front : tous deux m'ont trompé. — Il faut donc maudire toutes les femmes ?—Je n'ai pas le droit de me plaindre : elle m'a puni de ma trop grande présomption. Pourquoi me suis-je flatté d'inspirer un autre sentiment que la pitié ? Pourquoi ai-je confondu ce sentiment avec la coquetterie? Au surplus, qu'elle m'ait aimé ou méprisé, peu importe ; après ce qui s'est passé, jamais son père ne donnerait son consentement ; n'en parlons plus, je vous en supplie, n'en parlons plus.

—Soit; occupons-nous de votre sœur, Guévara ; vous souvenez-vous que mon cœur s'est voué à elle? Cependant, si elle ressemble à son sexe trompeur. . .—Ah ! Gaston, croyez-moi, redoutez de vous engager avant que de connaître parfaitement, s'il est possible, celle qui vous

aura charmé. — Oh! mon ami, après
tout, il faut s'abandonner à son étoile :
si votre sœur est jolie, si elle est aimable, me voilà décidé;... . allons, parlez..... — Je la trouve assurément fort
belle ; cependant, Gaston, je vous engage à ne vous fier qu'à vous-même pour
juger son esprit et sa personne. — Mon
cher Guévara ! un aussi excellent cœur
que le vôtre ne peut-il éprouver qu'un
sentiment ? — Hélas ! je connais tous
ceux qui portent la joie ou la douleur
dans le cœur de l'homme : mais vous
oubliez qu'à peine je connais ma sœur,
et qu'une expérience cruelle m'a appris
à ne pas précipiter mes jugements. Je
vous avoue que je ne juge pas encore
Elvira.

Gaston parut un moment rêveur : mais
revenant bientôt à lui, il dit en souriant :
Allons, je vois que vous me rendrez
sage, si vous le voulez ; ne m'épargnez
donc pas vos bons conseils. Maintenant,
mon ami, dites-moi si je pourrai vous

voir à la Mirador, et s'il me sera permis
de respirer le même air que votre grand-
père, qui est, m'a-t-on dit, le plus dé-
sagréable personnage qui existe.

Théodore s'exprima avec respect sur
le compte de son grand-père, vanta ses
bonnes qualités, dissimula ses défauts;
et Gaston, pénétrant sa délicate intention, parut persuadé que le comte était
plus aimable qu'on ne le disait généralement. Ils parlèrent ensuite de l'aimable don Julian, et l'un et l'autre lui pro-
diguèrent les éloges que méritaient son
cœur généreux et son noble et franc
caractère.

Après s'être entretenus long-temps
des événements de la campagne, la
conversation revint insensiblement sur
la Norvège, sur les bons amis d'Aardal;
conversation dangereuse, et qui devait
ramener nécessairement le souvenir du
comte de Lauvenheilm.

Gaston témoigna quelque surprise de
n'avoir eu aucune nouvelle de cette fa-

mille depuis que Théodore l'avait quit-
tée. Il ajouta que la princesse des Ursins
n'avait pas reçu de lettre de sa jeune
parente depuis cinq mois. Depuis si
long-temps? s'écria Théodore ; et son
sang se glaça dans ses veines. Peut-être
la conspiration du comte de Lauvenheilm avait-elle été découverte ; peut-
être gémissait-il dans un cachot ; ......
peut-être, par une mort volontaire, s'é-
tait-il soustrait à l'infamie du supplice :...
alors qu'était devenue Ellésif, cette
Ellésif si tendrement attachée à son
père !

Le chevalier, voyant son émotion,
ajouta imprudemment : Vous savez
donc....

Qu'est-ce que je sais ? s'écria Théodore le saisissant par le bras et le regardant fixement.

— Sa maladie ;.... mais madame des
Ursins croit qu'elle est mieux.

Au nom du ciel, de qui parlez-vous?
mon cher Gaston; vous me rendez fou...

Ma tête n'est pas bien à moi dans ce moment..... Qui est-ce qui est malade?..... Ellésif.... Depuis quand?... Où est-elle?... Qu'est-il arrivé pour la rendre malade?.....

Oh! sur ma vie, je ne sais rien de plus, répondit le chevalier en faisant rasseoir son ami. Calmez-vous, Guévara, vous allez tout apprendre. La dernière fois qu'Ellésif écrivit à madame des Ursins, elle était malade et partait avec sa sœur pour aller dans le Slewick rétablir sa santé. Sa lettre était fort courte, et son esprit paraissait fort abattu. Gaston n'ajouta pas qu'il soupçonnait la princesse d'avoir reçu d'autres nouvelles dont elle ne voulait pas parler.

Alors tous mes présages sont vrais, ajouta Théodore tombant sur son siége, presque en faiblesse.

—Quels présages? mon ami.

—Ne me le demandez pas; je ne peux vous dire toutes mes craintes : .... mais Ellésif malade!... quel coup inattendu!

—Est-ce que vous ne le saviez pas?
Indiscret, étourdi que je suis! mais
tranquillisez-vous, Guévara; s'il existait
un danger réel, la princesse des Ursins
en serait instruite. —Parlez encore de
cette lettre à la princesse, je vous prie,
mon cher Gaston; donnez-moi des nouvelles certaines d'Ellésif et de son père;
que je les sache sauvés,..... qu'ils existent
tous deux,...... et j'essaierai d'oublier
ceux qui m'oublient! —S'il en est ainsi,
il vaut mieux n'en jamais parler; cependant j'avais juré,..,... mais brisons là-
dessus. Au surplus, je vous donne ma
parole que, si j'entends dire quelque
chose de cette famille, je vous en ferai
part.

Alors le chevalier, avec sa gaieté et
sa grâce ordinaires, employa tous ses
efforts pour distraire son ami : mais il
déploya vainement toutes les ressources
de son esprit. Vainement il fit les plus
plaisantes descriptions, la satire la plus
amusante du flegme et de la morgue

espagnole, de la solennelle et ennuyeuse
étiquette de la cour, il ne put capti-
ver l'attention de Théodore. Ellésif malade, peut-être mourante, peut-être
morte.... était continuellement présente
à sa pensée; et fréquemment, en répondant au chevalier, il prononçait des mots
entièrement étrangers à leur conversation.

Une personne plus habituée à croire aux
prestiges de l'imagination, aurait donné
à la maladie d'Ellésif une cause plus flat-
teuse : mais le temps des illusions était
passé pour Théodore ; il ne pouvait oublier le renvoi de son dernier souvenir
sans un seul mot que l'amour pût inter-
préter comme une consolation ou une
espérance.

Gaston de Roye, certain d'obtenir
sous peu son échange, annonça l'intention de prolonger son séjour en Espagne
pour connaître le pays et le peuple, et
surtout pour être témoin du triomphe
de Théodore. Il l'engagea fortement à

se tenir sur ses gardes contre son cousin
don Jasper qui, fort mal reçu du roi,
ne repirait que vengeance contre l'usur-
pateur de ses droits.

Dans ce moment, l'arrivée de quelques visites fournit un prétexte à Théodore pour quitter son ami.

Ayant renvoyé ses gens, il traversa
quelques vignes pour entrer dans un bois
qui conduisait à Corella ; ses bras croisés
sur sa poitrine et sa tête baissée, il suivait un sentier solitaire où l'épaisseur du
feuillage répondait presque à l'obscurité
de la nuit. Marchant doucement dans
cette mélancolique attitude, il ne s'apercevait pas que quelqu'un venait à sa
rencontre. Dans la partie la plus sombre
du bois, en relevant la tête, il vit trois
hommes placés de manière à lui inter-
cepter le passage. — On ne passe pas,
s'écria l'un d'eux. L'air furieux et mé-
prisant dont il prononça ces mots fit aussitôt présumer à Théodore qu'il avait affaire à son cousin. Il s'arrêta un moment,

réfléchissant à la conduite qu'il allait
tenir; et, prenant son parti sur-le champ,
il s'avança d'un air calme, mais décidé
à continuer son chemin.

Son air imposant et la noblesse de ses
manières imprimèrent un respect involontaire aux compagnons de don Jasper,
qui lui firent place. Parmi eux il remarqua quelqu'un qu'il crut reconnaître
pour l'avoir vu à Sarragosse; après avoir
salué gracieusement, il allait passer,
lorsque don Jasper, outré de rage, le repoussa fièrement et remit ses compagnons dans leur première position, en
s'écriant : Eh quoi! vous cédez le pas
à un imposteur? — Quel est cet insensé?
demanda Théodore d'un ton sévère.
Je suis don Jasper Guévara, s'écria
le jeune homme enflammé de colère;
vous me connaissez à présent, vil aventurier, qui venez pour me dépouiller
de mes droits au moyen de mensonges
infâmes? A ces mots Théodore, in-

capable de maîtriser son indignation,
mit la main sur la garde de son épée,
et la tira à moitié ; mais reprenant aussitôt son admirable empire sur lui-même,
il la repoussa dans le fourreau, et dit
avec calme : Votre malheureuse situation, monsieur, et mes principes, de-
viennent votre sauve-garde. — Lâche !
défends ta vie, s'écria don Jasper pous-
sant un cri de fureur ; tu prétends en
vain m'échapper ;.... et sans donner à
Théodore le temps de tirer son épée,
il se précipita sur lui malgré les récla-
mations de ses compagnons révoltés de
cette action, et lui plongea son épée
dans le côté.

L'attaque exigeait la défense ; Théodore mit l'épée à la main : en moins
d'une seconde il désarma son cousin,
s'empara de son épée, et la lui rendit
à l'instant. Mettant ensuite son mouchoir
sur son côté d'où le sang coulait abon-
damment, il lui dit avec douceur: Vous

voyez, don Jasper, que je ne suis point
un lâche ; la suite vous prouvera que
je ne suis pas non plus un imposteur.

Il essaya de poursuivre sa route : mais
après avoir fait quelques pas, il fut obligé
de s'appuyer contre un arbre. Il vit alors
don Jasper à la même place où il l'avait
laissé, se débattant avec un de ses compagnons qui paraissait l'empêcher de poursuivre son cousin et de l'insulter de
nouveau. L'autre, apercevant Théodore chanceler, courut à lui, et lui ex-
primant son chagrin et son admiration
pour sa noble conduite, offrit de le conduire à la plus proche habitation. Quoique la blessure de Théodore ne fût pas
dangereuse, il se sentait trop affaibli
par la perte de son sang pour continuer
seul sa route ; il prit donc le bras de
l'étranger et s'achemina doucement vers
la maison d'un vigneron située à la sortie
du bois. De là on envoya chercher du
secours, et un messager fut dépêché au
chevalier de Roye. Le conducteur de

Théodore lui fit ses excuses d'avoir été
bien involontairement la cause de son
accident en le nommant à don Jasper,
et se retira fort inquiet de savoir comment se serait terminée la dispute de
don Jasper et de son compagnon.

Le chevalier de Roye accourait pâle
et effrayé ; mais ses craintes cessèrent
bientôt en trouvant Théodore, quoique
faible, hors de tout danger, et prêt à
retourner à la Mirador. Après quelques tendres reproches, le chevalier
le fit monter en voiture et voulut absolument l'accompagner. On arriva en
peu d'instants, et le chevalier prit les
devants pour préparer le comte à revoir son petit-fils blessé. Heureusement
il le trouva seul, et lui raconta dans le
plus grand détail les particularités de la
rencontre de son ami avec don Jasper ;
peignit avec les expressions les plus vives
la bassesse d'attaquer un homme sans
défense, et la générosité de Théodore.
Le comte trouva ses sentiments si con-

formes aux siens , qu'il oublia que le
messager était un hérétique , un étranger , un ennemi de Philippe.

Théodore parut , et le comte remarqua sévèrement qu'il aurait évité tout
accident en voyageant d'une manière
convenable à un homme de son rang.
Il déclara cependant que l'outrage de
don Jasper l'engageait à poursuivre avec
plus d'activité que jamais la punition de
son audace , et qu'il allait sur-le-champ
solliciter du roi l'emprisonnement de
don Jasper. Les instances de Théodore
et les représentations de Gaston le dé-
tournèrent de ce projet. Ils lui repré-
sentèrent les fausses interprétations qu'on
pourrait donner à cette démarche ; en
laissant don Jasper en liberté , il prou-
verait à toute l'Espagne que l'héritier du
comte de Roncezvalles ne voulait devoir
sa sûreté qu'à son courage , et le triomphe de ses droits qu'à la justice de sa
cause. Le comte adopta ces idées ; mais
pour éviter toute possibilité d'une se-

conde rencontre , il ordonna à Théodore de rester à Corella , tandis que
lui-même allait se rendre à Madrid, où
l'affaire s'instruisait déjà et demandait
impérieusement la présence de don Jasper. Le comte se chargeait de solliciter
et de défendre lui-même les droits de
Théodore, qui promit d'obéir, quoiqu'il
lui en coûtât de paraître vouloir se cacher. Gaston , inspiré par le désir de
jouir librement de la société de son ami,
appuya de toute son éloquence les sages
mesures du comte, qui commença à le
regarder d'un œil moins sévère.

Dona Elvira , avertie de l'accident de
son frère, vint lui rendre visite , et, en
peu d'instants, détruisit toutes les illusions de Gaston. Sa froideur et son insensibilité le révoltèrent. La blessure de
Théodore se r'ouvrit , le sang coula en
abondance ; chacun s'empressait autour
du blessé , et Gaston le soutenait dans ses
bras pour le conduire à son appartement,
pendant que la belle veuve restait calme

au milieu du trouble et de l'inquiétude générale.

Le chirurgien ayant ordonné à Théodore de rester couché plusieurs jours, le comte ne put refuser aux vives instances du chevalier la permission de passer le reste du jour dans la chambre de son ami ; Gaston redoubla d'efforts pour le distraire de ses sombres pensées. Doué d'un talent tout particulier pour deviner le faible des autres, il ne tarda pas à découvrir que le comte et la belle Elvira n'étaient point insensibles aux attentions, aux respects et surtout aux présents : habile à profiter de sa découverte, il semblait prévoir tous leurs goûts et s'empressait de les prévenir.

Quelquefois à peine daignait-on le remercier ; Théodore s'en offensait ; Gaston en riait, car il obtenait tout ce qu'il voulait, la liberté de voir et de soigner son ami. — Mais que penserez-vous du comte et de ma sœur, mon cher Gaston ? — Qu'ils ressemblent à

10.

vous, mon ami, fort peu, mais beaucoup au commun des hommes; en général ce sont les grands qui donnent le
moins, et qui reçoivent avec le plus de
plaisir.

Pendant la convalescence de Théodore, le comte, à son retour de Corella, fit prier le chevalier de passer
dans son cabinet. Après une heure d'absence, il revint auprès de son ami avec
un visage assez triste contre son ordinaire.

Théodore, comme tous les amants
qui ne voient qu'un seul objet dans le
monde, imagina qu'il s'agissait d'Ellésif, oubliant que son grand-père connaissait à peine son nom, et ne pouvant contenir son inquiétude, s'em-
pressa d'interroger son ami sur son entretien avec le comte. Gaston, avec
toutes les précautions convenables, lui
apprit que don Jasper venait de périr
victime de son emportement. Quelqu'un, en parlant devant lui de son

cousin, lui donna le nom de don Théodore Guévara. Don Jasper, se prétendant
insulté, en avait demandé raison, et
était tombé sous les coups de son adver-
saire.

Le comte, toujours implacable dans
ses ressentiments, et plus irrité que jamais contre la marquise de Santa-Clara,
résolut de regarder cet événement comme
étranger à sa famille, et défendit à Théodore et à sa sœur de prendre le deuil.
Les remontrances du chevalier et les instances de son petit-fils n'auraient pu
faire changer sa résolution, s'il n'a-
vait pas su que la cour n'approuvait pas
sa conduite en cette occasion.

Théodore ne pouvait pas regretter
beaucoup son cousin : mais une si soudaine catastrophe, et le chagrin de penser qu'il était innocemment la cause de
cette mort, le rendaient souvent malheureux. Toutefois à peine osait-il manifester sa tristesse devant le comte,
toujours prêt à trouver qu'un mouve-

ment de sensibilité pouvait compromettre la dignité d'un noble castillan,
et surtout devant Elvira, qui ne rougissait pas de montrer sa joie de se voir
délivrée d'un concurrent si redoutable
pour leurs intérêts. Le cœur de Théodore se sentait repoussé par un tel caractère ; il avait besoin d'efforts pour
dissimuler son éloignement pour elle.
Sergendal avait quelques défauts, mais
une foule d'excellentes qualités ; son
caractère dur l'entraînait quelquefois,
mais il aimait la vertu ; le comte de Lauvenheilm, emporté par l'ambition, agissait le plus souvent en raison inverse de
ses véritables sentiments naturellement
droits et nobles : enfin, tous ceux que
Théodore avait connus jusqu'alors, ap-
plaudissaient du moins à l'humanité, à
la générosité, à la bienfaisance, quoique leurs actions et leurs discours ne
fussent pas toujours d'accord. Mais enfin, cette hypocrisie était un hommage
rendu à la vertu ; chez sa sœur et son

grand-père, au contraire, il ne voyait
que préjugés, orgueil, égoïsme, avoués
sans honte, et presque recommandés
comme des vertus. On jugera facilement
du chagrin de Théodore, en se rappelant toutes les espérances de bonheur
qu'il fondait sur l'amitié de sa sœur.

Cependant, une junte de la noblesse
du pays reconnut les droits de Théodore, et l'admit dans ses rangs. Les souverains témoignèrent le désir de voir
l'intéressant orphelin dans l'appartement de la camerara major.

L'indisposition de la reine, déjà at-
taquée de cette cruelle maladie qui la
conduisit au tombeau, retarda cette pré-
sentation ; et Théodore se réjouit en
secret que la même raison empêchât la
princesse des Ursins d'exiger sa visite.
Il fut cependant décidé qu'il resterait à
Corella pour attendre les ordres de
leurs majestés, tandis que le comte se
rendrait à Madrid pour suivre le procès dont l'instruction continuait malgré

la mort de don Jasper. Son plus proche
héritier avait pris sa place, et combattait fortement les prétentions de Théodore.

Le comte allait partir, lorsque l'arrivée d'une personne envoyée par la
marquise Amézaga lui fit retarder son
voyage, et donna à Théodore la première nouvelle de l'existence de sa tante.

Don Julian, mal informé, l'avait
trompé involontairement, et doña Elvira ne s'était pas donné la peine de
rectifier l'erreur de son frère lorsqu'il
parlait d'elle comme n'existant plus.
La marquise Amézaga vivait avec ses
deux filles assez près de la maison de
don Julian : mais on la connaissait à
peine dans le canton, où elle n'habitait
que depuis peu de temps.

La personne qu'elle envoyait était ce
même habitant de Sarragosse qui avait
secouru Théodore après sa rencontre
avec son cousin, et qui, depuis, n'avait
cessé de louer sa conduite modérée et

intrépide. Il venait informer le comte
de Roncezvalles que la marquise pos-
sédait des papiers importants pour son
neveu, mais qu'elle ne voulait les remettre qu'à lui-même, promettant d'indiquer en même temps un témoin capable de donner les plus grandes lu-
mières.

Le comte, partagé entre le désir de
faire réussir ses projets et sa haine pour
tout ce qui portait le nom de Montellano, réunit Théodore et sa sœur pour
les consulter. Théodore, qui ne connaissait sa tante que par de faux rapports,
s'en remit entièrement à la décision du
comte : mais Elvira, se répandant en
sarcasmes amers contre sa tante, cherchait à persuader que ses intentions ne
pouvaient être avantageuses à Théodore,
et par tous les raisonnements possibles,
voulut déterminer son frère et le comte
à repousser toutes les offres de la marquise.

Le comte ne put se méprendre sur

ses motifs, et tout à coup, faisant passer son humeur d'un objet sur un autre,
il accusa Elvira d'un vil intérêt personnel, et lui ordonna de sortir de la
chambre. Désirant peut-être en secret
de céder à la demande de la marquise,
aurait-il remercié, dans le fond de son
cœur, Théodore et sa sœur, s'ils l'a-
vaient forcé de céder par leurs impor-
tunités ?

La remarque du comte sur dona Elvira
réveilla dans l'âme de Théodore un
soupçon bien pénible : depuis long-
temps il croyait s'apercevoir que sa sœur
désirait réellement qu'il perdît sa cause.
Lorsque don Jasper vivait, elle montrait une extrême ardeur pour le succès
de son frère ; mais depuis sa mort, elle
cherchait adroitement à faire naître des
obstacles et insinuait des doutes sur la
naissance et les droits de Théodore.

Les intérêts de dona Elvira et de
Théodore, étaient communs du vivant
de don Jasper : mais, depuis sa mort,

l'avide Elvira convoitait l'héritage entier
de son grand-père ; et, pour l'obtenir,
il fallait nécessairement écarter Théodore. Uniquement occupée de poursuivre cet intéressant objet, elle affectait
la plus servile obéissance envers le comte.
qui, loin de se méprendre sur ses motifs,
la méprisait tout en recevant ses soins.
Il ne le dissimula pas à Théodore, et
lui apprit que l'humeur de sa sœur avait
encore un autre motif ; que le président
de Castille demandait Elvira pour son
fils ; mais que la froideur avait succédé
à l'empressement depuis les derniers
événements.

A peine Théodore fut-il instruit, qu'il
supplia son grand-père de réparer son
tort involontaire envers sa sœur, en lui
donnant ce qu'il lui destinait avant son
arrivée.

Ne vous ai-je pas dit, interrompit le
comte, que je ne reçois pas de conseils ?
Je n'ai pas besoin que vous me dictiez

ce qu'il est convenable de faire pour dona Elvira.

— Pardonnez-moi, monseigneur ; je ne prétends vous rien prescrire ; je voulais seulement vous exprimer combien je m'estimerais heureux si vous daigniez faire le bonheur de ma sœur, puisque je ne puis le faire moi-même, n'étant pas encore légalement reconnu.— Moi, je vous reconnais pour mon petit-fils, don Théodore, reprit le comte d'un air fier. Théodore le remercia par un salut respectueux.

Après une courte délibération, le comte permit à Théodore d'aller voir la marquise Amézaga, pour obtenir les papiers et les informations annoncées ; après quoi, il exigeait qu'il n'y retournât plus.

Choqué de l'idée d'ajouter l'insulte à une première négligence, Théodore répondit avec quelque vivacité : Vous me permettrez alors, monseigneur, d'avouer que j'obéis à vos ordres. — J'y consens, dit le comte, pardonnant ce reproche tacite de son petit-fils en faveur de sa soumission. Commander, être obéi, suffisaient au comte, qui paraissait satisfait en pensant que la marquise Amézaga apprendrait de Théodore lui-même comment il savait se faire obéir. Dona Elvira l'accompagnait à Madrid, et parut quitter le Mirador et son frère avec une joie si manifeste, que Théodore ne put donner lui-même aucun regret à son départ.

Impatient de profiter de la permission de son grand-père, il envoya sur-le-champ demander à la marquise la faveur d'être reçu chez elle le lendemain.

On lui remit dans ce moment une lettre du marquis de Montanejos, le plus proche héritier du titre de Roncez-valles. Il lui expliquait comment, en priant la cour de Castille de prononcer sur les droits de Théodore, il ne préten-

dait point agir contre lui, mais simplement remplir une forme pour la satisfaction de toute la famille ; il priait son
cousin de le regarder toujours comme
un affectionné parent, et nullement
comme un rival, et finissait par le com-
plimenter d'une manière franche sur sa
généreuse conduite envers don Jasper.
En lisant cette lettre, Théodore sentit
une émotion depuis long-temps inconnue
à son cœur. Elle lui sembla le présage
d'une future consolation, et lui donna un
vif désir de se rappeler les traits de cet
aimable parent, qu'il avait entrevu un
moment à Sarragosse le jour où le comte
l'avait solennellement présenté à sa famille assemblée.

Le marquis n'était pas homme à se
livrer à une soudaine impulsion dans
une première entrevue. Il parla peu
à Théodore, se montra poli, mais
très-réservé, et quitta Sarragosse le lendemain, avec le projet d'observer atten-

tivement les démarches du jeune homme,
et de découvrir s'il méritait son estime
et son attachement.

L'agréable émotion causée par la
lettre qu'il venait de récevoir animait
encore sa physionomie, lorsqu'il sortit
pour aller au-devant de Gaston, qui
devait venir dîner avec lui en quittant la
princesse des Ursins.

Le chevalier n'eut pas plutôt aperçu
son ami, qu'il mit son cheval au galop
et s'en précipita plutôt qu'il n'en descendit pour lui remettre deux lettres qu'il
apportait d'un air triomphant.

Théodore reconnut l'écriture de Dofrestom et celle de M. Coperstad. Brû-
lant du désir d'avoir des nouvelles du
comte de Lauvenheilm et d'Ellésif, il
brisa le cachet de la dernière; mais, honteux d'une telle faiblesse, peut-être à
cause de la présence du chevalier, il se
hâta d'ouvrir et de lire l'autre.

Dofrestom jouissait encore de la présence de son fils, mais ne s'abusait pas

par de vaines espérances ; il manifestait
d'une manière touchante sa pieuse et
constante résignation aux volontés du
ciel.

Cette lettre, le souvenir de la chaumière, des jours si paisibles de son enfance, firent couler de douces larmes des
yeux de Théodore, qui regrettait en
ce moment son heureuse obscurité, son
ignorance profonde de ce monde, où
il avait tant souffert depuis.

Insensiblement Théodore s'était éloigné du chevalier pour échapper aux observations même de l'amitié, lorsqu'il
lirait la lettre de M. Coperstad, qui, sans
doute, parlait du comte de Lauvenheilm
et d'Ellésif.

Gaston pénétra son intention et la fa-
vorisa ; il fallait annoncer de fâcheuses
nouvelles ; il fallait affliger son ami, et
la lettre de M. Coperstad devait peut-
être lui sauver cette pénible tâche et lui
laisser le rôle de consolateur. En apparence occupé de son cheval, il exami-

nait attentivent la physionomie de Théodore. D'abord il parut assez calme : mais
vers la fin de sa lettre, il pâlit, chancela,
et serait tombé si le chevalier, promptement accouru, ne l'eût soutenu dans
ses bras.

Théodore ne parla point ; il lui desi-
gna seulement du doigt un passage de la
lettre de M. Coperstad : Gaston le lut
avec douleur, mais sans surprise, car il
savait tout.

Ce paragraphe contenait ces mots :
« Après les longs et pénibles détails
« de ma dernière lettre, je n'ai rien à
« ajouter sur un sujet auquel je ne réflé-
« chis jamais sans un profond chagrin,
« et qui, je le crains bien, ne vous tou-
« che que trop. Je vous dirai seulement
« que l'on parle toujours avec intérêt du
« désastreux événement arrivé dans la
« famille de Lauvenheilm, et que la
« mort de la jeune comtesse laissera de
« longs souvenirs et d'amers regrets ».

Les yeux de Théodore demeuraient

fixés sur ceux du chevalier, tandis qu'il lisait ce passage. Il ne vit aucune surprise se peindre sur sa figure, et toutes ses horribles craintes se confirmèrent. Ce choc soudain troubla presque sa raison ; il lui arracha la lettre et s'écria avec l'accent du désespoir : Grand Dieu !... il est donc vrai !...

Pressant cette lettre cruelle contre son cœur, il voulut fuir : mais il succomba sous le poids de la douleur, et tomba par terre sans connaissance.

Laissons le compatissant chevalier le secourir et le rappeler à la vie ; et revenons aux événements qu'il fut ensuite obligé à lui raconter.

FIN DU TROISIÈME VOLUME.